文字手藝人

一位副刊主編的知見苦樂

宇文正——著

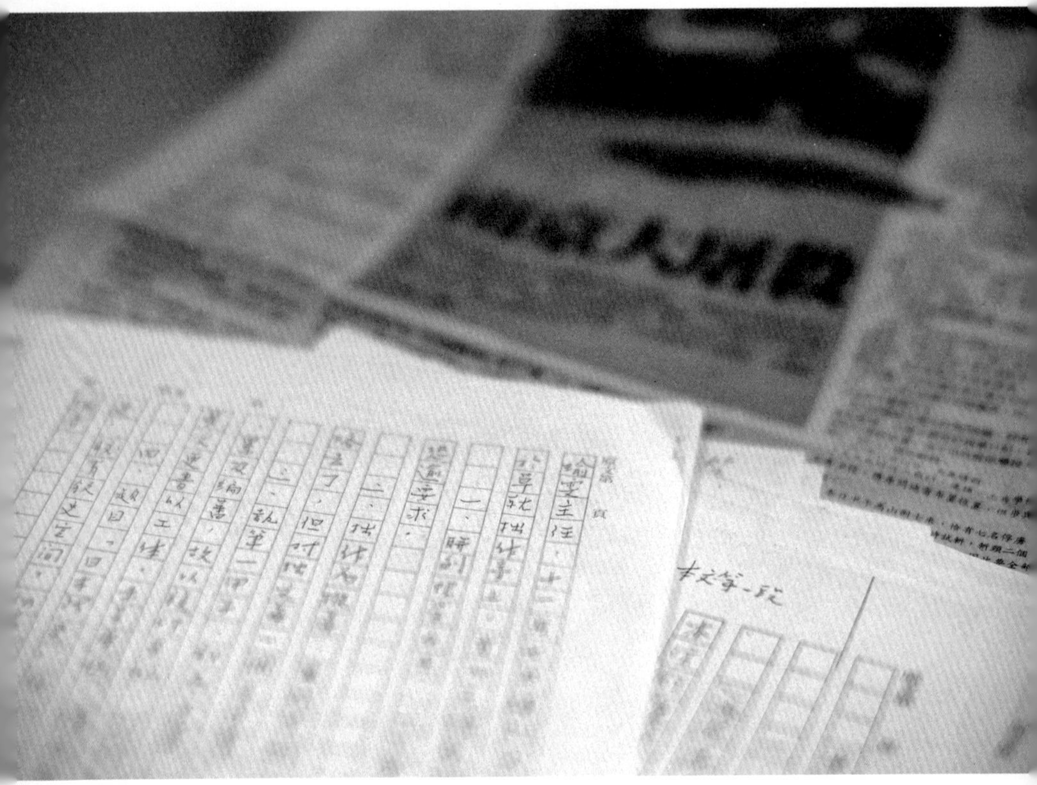

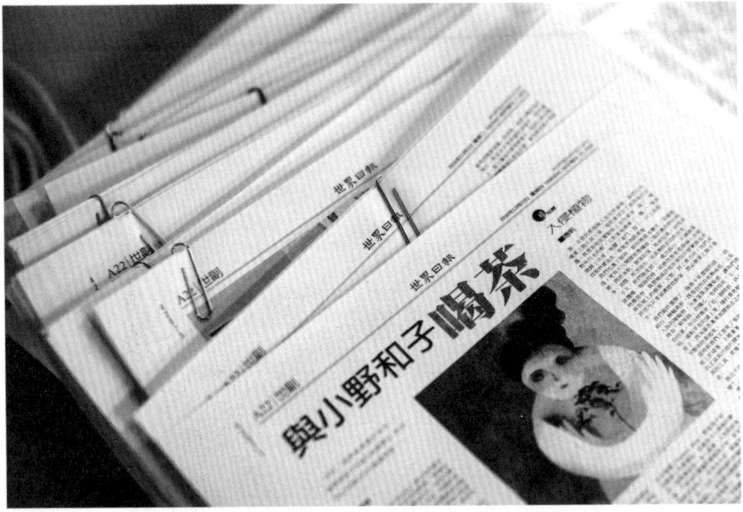
世界日報
A22 | 世副
與小野和子喝茶
入侵植物

必要記住
亮軒
對照記

閱讀的
Ultra light
Stainless
Steel bottle

推薦序

魔幻手指──讀《文字手藝人》有感

簡媜

有兩個字，對我具有吸引力：一是稿，另一個是編。這兩個字非常美，別問我為什麼，天底下有些事沒有為什麼。

先說稿。我在每年必定淹水的偏僻小學四年級認識它，不是來自課本或老師偶開天眼要在五穀六畜之外教涎涕小童一個他們一生都用不到的字，而是來自一份叫「國語日報」的報紙。我是負責拿報紙的人，也知道這報紙一旦進了教室就會無影，所以一拿到手立刻閃入校園一處隱密的夾壁讀報，直到打鐘才跑回教室，因此練出速讀與跑步。

看久了，生出那年齡不該有的羨慕。我對在報上刊登作文很感興趣，注意到「投稿須知」，猜想寫文章「寄」給他們就叫「投稿」——以我當時的智能，不明白為什麼不叫「寄稿」卻叫「投稿」？我確實這樣幻想：難道要跑到台北報社，把文章捲一捲綁個石頭朝窗戶「投」進去嗎？不過，最困擾我的卻是「不可用筆名」這一條；我沒敢問老師「筆名」是什麼意思，因為「投稿」這件事必須祕密進行，我年紀雖小，卻知道要擁有一點祕密像擁有私房錢一樣，生命才有獨享的滋味。以我當時的智能理解，以為「不可用筆名」就是「不可用筆寫名字」，不用筆用什麼？想破頭，終於想到解決辦法，而且付諸行動。我不想在此透露那辦法，以免傷了小四女生的自尊心，雖然她已不存在，但她對我有恩。如果不是她那麼單純又勇敢地進行一次跟「稿」相關的軍事祕密行動，我不可能在平靜六年之後，於高二那年猛然記起跟「稿」的戰事還沒打完，而且這回玩真的，火力全開。

再看一眼，稿，這個字有魔力。從禾高聲，即使不明瞭「高」這個聲音怎麼跟結實穀物發生關聯，也不妨礙想像那場面：有風月夜，落拓的你獨自走在無人小徑，忽然，一望無際飽滿的禾田，只對你一人發出要求收割的尖叫聲。你怔住，沒有選擇，這樣強烈的召喚必須回應，你躍入田裡，領取屬於你的豐收。稿，從乾稻草原意繁衍為文書稿件此等心靈糧草之稱，想來也是契合的。既然是心靈禾稈，當然要向「投海自盡」這個連命都不要的成語借一個「投」字來用，方能顯出重量，也才能呈現「投稿」後被「退稿」那種類似被滅口的痛苦與不共戴天的憤怒。不信的話，請先讀本書〈退稿〉那篇，就能明白被退稿的那種憤怒幾乎可以用來發電。

我是看副刊長大的，不，這句話太誇大，應該說，我是懷著對副刊的憧憬長大的。在無字鄉間，阿嬤從羅東鎮上買回碗盤什物，用來包裹的報紙對我而言就是文字蛋白質，轉骨良方。曾經聽聞一艘遠洋船上只有一張報紙，幾個水手輪流借讀，每天讀了又讀，彷彿新的一般，以度過漫長航程。我乍聽這迷人的海上奇幻漂流，立刻想起自己的讀副刊經驗；讀第一遍，讀的是作者筆下的作品，讀第二遍，字、句、段落開始裂解，自己的幻想、情懷四處滋生，與之激蕩起來，讀到第三遍，根本可以下筆寫文章了。真不知那群水手讀的是誰的文章，若恰好是女作家，她在他們心中的地位很有可能接近媽祖。

在紙本「報紙」愈來愈像空中飛翔的老鷹滑向晚霞的此時，讀到大思想家梁漱溟（一八九三—一九八八）自述自學小史，感觸特別深。他寫道：「我的自學，最得力於雜誌報紙……作始於小學時代，奇怪的是在那樣新文化初開荒時候，已有人為我準備了很好的課外讀物，這是一種《啟蒙日報》和一種《京話日報》……」到了中學，梁漱溟自述：「我擁有梁任公先生主編之《新民叢報》壬寅、癸卯、甲辰三整年六巨冊，和同時他主編的《新小說》全年一巨冊……稍後更有立憲派之《國風報》，革命派之上海《民立報》……這都是當時內地尋常一個中學生，所不能有的豐富資財。……由於注意時局，所以每日的報紙如當地之《北京日報》、《順天時報》、《帝國日報》等，外埠之《申報》、《新聞報》、《時報》等都是我每天必不可少的讀物。談起時局來，我都很清楚，不像普通一個中學生。」

如果梁漱溟還活著且人在台灣，當他知道學生早就不看報了，不知有何議論？他吹鬍子瞪眼說出的一百個必須讀報的理由，自有一百零一個網路留言反駁他，更有一個「當官兒的」直接砍了預算稱之為專業問題專業解決。

在數位洪流淹沒了生活的現代，回想「紙本報紙」的身影，有點像是我們這一代的「寶可夢」——風雨交加的早晨，不惜撐傘出門去雜貨店買報紙，因為對鉛中毒甚深的人而言，不翻開報紙不知道怎麼開始這一天！鉛毒中最嚴重的是「副刊癮」，報禁時期三大張糧草，一日不讀副刊，那日便心神渙散（有連載時更嚴重），極容易做出錯誤決定，譬如跟一個不值得愛的人盲目約會留下遺憾。

另一個具有致命吸引力的字是「編」，許多作家逃不出它的魔掌。這個字雖含有「被蹂躪」成分與「自虐」傾向，更重要是具有頑強地欲完成某件事物與他人分享的企圖心，活在「利他」的想望裡。通得過的從此擁有魔幻手指，能點石成金，為社會帶出澎湃的新思潮、迷人的藝文濤浪。

以文字手藝人自詡的宇文正，用爐邊閒話的家常口吻，娓娓道來編輯檯上不為人知的副刊樣貌與戰況。這由作者、編者、讀者、評者四合一組成的獨特江湖，雖有波濤凶險之處，亦有景致宜人之時。透過她那溫婉且詼諧的筆觸，那凶險之處讀來別具浮世趣味、人性考察，而景致宜人的部分則不免引發我輩緬懷——我們熱騰騰的青春，曾經用報紙副刊包覆著，沾了洗不掉的油墨，以至於在青春已然熄止的此時，仍會因文字的烙印而微微感到心痛。

一張副刊，會不會隨風而逝？在副刊上掀起潮浪的新秀或老將會不會蒸發？所有依附在「稿」與「編」這兩個字的那群人會不會成為飛揚的沙塵？

也許會，也許不會。我樂於想像，每一世代都會有新崛起的文字手藝人，他們堅毅地朝著不可理喻的社會，伸出魔幻手指。猶如我們無限景仰、開創副刊王國風雲的瘂弦與高信疆，猶如在最壞年代、到處是拉下鐵門的聲音，而她仍然護守副刊本鋪、儼然將成為旗艦店的宇文正。

自序

這本書獻給所有喜愛副刊的人

我書稿完成後向來不愛寫序，總怕落了言詮，想表達的，都在書裡了啊，若出版社有此要求，我經常另寫一篇貌似隱喻的散文，充作自序。這是第一次，完稿後我主動告訴出版社總編輯：我還要寫篇序，我想要感謝很多人。

我的人生在擔任副刊主編之後，有了很大的轉變，並且那轉變是直接挑戰我的個性的。一直認為自己是個怕吵、怕鬥、怕拒絕、怕囉嗦的人，最好是一輩子默默寫作，或是就做個專業編輯，凡事上頭有人頂著，我便可無憂無慮，私下持續寫著自己的小說，有人願意出版，有一點點讀者，就會很快樂了。

小時候我跟二哥吵架，一邊哭，一邊痛訴委屈，就在我張大嘴巴涕泗縱橫之際，二哥凝視我的臉，很嚴肅地說：「妹妳不要一邊哭一邊罵人，真的真的很醜！」是童年種下的創傷嗎？我長成一個一遇見爭執就想逃避的人。我是籃球場邊的張大帥，搶什麼？一人發一顆球給他們不就好了嗎？

民國九十六年七月，我的上司陳義芝退休，到師大教書去了。他在半年多前曾發一封E-mail給我，信的主旨寫著：「秋天的消息」，我心想詩人主任就是這樣風雅，給下屬寫個E-mail還說是「秋天的消息」。閱信後卻讓我愣住了，他提早讓我知曉他的生涯規畫，並且囑我接下副刊的重任，希望我有心理準備。

半年多的「心理準備」無論如何是不夠的。我嚴守祕密，不曾向任何人透露，因此在義芝退休，我接下主任職務時，對外界而言頗為突兀。家有幼兒，我不常在外應酬，且那時我外表貌似年輕，便輾轉聽到許多前輩作家議論：聯副（《聯合報》副刊，簡稱「聯副」）怎麼會讓一個小女孩來接主編？一時間，真覺得自己毫無武功，忽被推為掌門，內心惶恐難以言說。

轉眼近十年，我認真對待這份工作，深切明白它不是一個職務，不是一個「位子」，它是倘若有心，確實可以為作家做一些事，可以為文學留一點什麼，可以為「副刊」這個獨特的園地，創造一片景致的任務。我慢慢摸索出生活、工作的節奏感，經常思考副刊還可以「做什麼」。必須對應稿件，對應事務，更對應許許多多的「人」，我的天性在這些過程裡備受考驗。也許因此，心理上，老以為自己剛接下重任不久，走進作家群聚的場合，內心始終害羞，不自在。當時任《幼獅文藝》主編吳鈞堯提議我寫「副刊學」專欄時，我馬上推卻：「你去找資深的主編吧。」「妳就很資深啊！」原來我已經很資深了啊？

真的謝謝鈞堯的提議，否則我不會動念去疏理自己的編輯生涯，思索副刊在這個時代裡的意義；許多編輯檯上、檯下的趣事、美事、憾事也因此重新憶起。尤其經過這個書寫的過程，我對副刊有了更多、更積極的想法。

也謝謝悔之和有鹿的朋友們，從開始在臉書上轉載，他們便緊盯著這個專欄，督促我撰寫成書。

還有我親愛的副刊同事們：開平、婉茹、盛弘、立安、姵穎、胡靖（咦，按年齡序？）以及前兩年告別副刊返鄉實踐在地文化工作的小熊、更早離職的維信兄、年初甫退休的錦郁姊，以及美術中心的泰裕主任和「一大群」優秀的、和副刊並肩作戰的美術編輯們。我經常掛在嘴邊說，能在副刊工作是被祝福的，而能跟這一群朋友一塊兒工作，我被祝福得最多！當然更感謝領我入門的義芝大哥、煥彰大哥、新彬姊、偉貞姊，指導我許多事。還有瘂公、作老，每次見面都為我打氣。不斷為我打氣的朋友太多太多了，無法一一寫在這裡，但每一句鼓勵我都存放心中，喔，批評也是的。還有，本來提工作上的長官，似有諂媚之嫌，但這本書意義不同，我一定要在這裡說：在紙業媒體如此艱困的時局裡，《聯合報》，以及我所有共事過的長官們，仍然給予副刊這樣大的空間，這樣自由的發展與尊重，我深深感謝！

這本書獻給所有喜愛副刊的人。

目錄

卷二——台下風景

卷三——給下一輪副刊盛世的備忘錄

◆跋◆

無姓兒

◆楔子◆

心在高原上——記我大學畢業的一九八六

從新竹縣某一個戶政事務所走出來，我望望陰霾的天空，告訴自己：遠方，會有一片遼闊的高原，能眺望人間燈火，能看見更廣遠的世界。我走不走得到？可不可以攀爬上那座高原？

大學未畢業，我便找到《國語日報》作文班的教職，至少不致畢業即失業，我有一點點安心。跟F走在校園裡，遇見教中國文學史、杜甫詩的李老師，大三他做過我們一年導師。李老師叫住我：「妳為什麼沒有來考研究所？」我不假思索回答：「很想先工作看看。」「這麼可惜！妳如果來考一定考得上。」我是用功的學生，知道自己不怕讀書，母親也希望我讀到博士，在大學裡當教授，那是她所能想像最理想的人生；但有一個世界我還不知道，我想去尋找。跟老師錯身而過，F喃喃嘀咕：「他怎麼知道誰考得上、誰考不上!?」那時研究所還沒放榜，我猛地省悟，老師剛才那麼說，也許傷了我身旁的同學，那時我的心早已飛出校園，急著加入鋪展在眼前的新世界，我拉著F的手：「他不知道，我知道，妳一定會考上的。」

作文班裡，面對的都是小學生，我是菜鳥，分配到低年級的課，下課後小女生依戀在我身邊，甚至玩我的頭髮，我覺得自己簡直是來當褓母。課後時間被小朋友團團圍繞，我只好把作文簿抱回家改，坐在客廳一邊聽著新聞，二哥一把抽去我手中的本子，大聲朗讀出來：「我的作文老師長得高高瘦瘦的……哈哈哈！」二哥笑得肚子痛：「難怪妹要去教小學生，哈哈哈哈！」二嫂一起哈哈哈哈：「到底是教幾年級，現在小學生也長得很高耶。」我搶回作文簿：「一年級啦，怎樣！」

這種褓母生活真的不是我對未來的想像，剛剛滿一個月，我就辭職了。我寄出雪片般的履歷表，也參加報社的考試，但是時運不濟，碰上的是《經濟日報》的招考，我的財經常識連略識之無都談不上，考一半就知道自己可以閃人了。我在每一封求職信裡附上大學時發表過的小說、散文，甚至古典詩的論文，真不知道自己在想什麼。但我還是得到了一些面試機會。

我來到陳映真、王拓先生的面前，我想要去《人間》雜誌當採訪編輯，我讀過每一期的《人間》雜誌，一期都不漏哦。陳映真先生低頭翻動我的那疊作品，拿下眼鏡微笑看著我：

「喜歡寫小說啊？」我靦腆點點頭，他問了我對《人間》雜誌的看法，我侃侃而談，他的表情、聲音溫柔極了，啊，如果來這裡工作，我會不會因為崇拜而愛上他啊？暈眩之中，王拓先生的聲音像一桶還摻著冰塊的水潑過來：「妳知不知道做這個工作很辛苦，隨時要上山下海耶！」我從恍惚裡醒來，怔怔望著他：「我知道。」他懷疑地看了我一下。我那時只有四十一公斤，長髮披肩，一副沒曬過太陽的模樣，其實我能吃苦的，我什麼都不怕……我的腦海瘋狂轉著《人間》裡的黑白照片，想要參與，想要走進去，卻什麼話也說不出來。兩位男士對看一眼，然後告訴我等候通知之類的話。

我雖涉世不深也懂得他們說的是場面話，知道自己沒希望了。我收到的是另一家雜誌社的通知。那是一個同樣報導人間疾苦的雜誌，在台灣經濟一飛沖天、外匯存底不斷刷新上揚的時光，報導亟待伸出援手的一樁樁悲慘人生。雜誌社設有捐款帳戶，接受讀者的捐獻。一年多後，這個雜誌老闆夫婦被指控侵吞募款，雜誌停刊，詳情究竟如何，我沒有看到後續的報導，我只待兩個月便離職了，再不曾跟當時同事聯絡。但雜誌裡報導的一則一則人間悲劇都是真的，都是我們這些年輕的大學畢業生走進黑暗巷弄裡真實的捕捉，沉痛的書寫。

有時得到資訊模糊的個案訊息，沒有確切住址，我們得到當地戶政事務所查詢，找到里長先了解事實……在偏遠鄉間，尋找著不知是否存在的地址，我沒有交通工具，就只靠這雙腳。

那天來到新竹地區的一個戶政事務所，等待資料調閱時，一位協助我的科員聽到我大老遠從台北搭火車再轉客運跑來，好奇地問：「小姐，妳這工作這麼辛苦，一個月多少薪水？」哪有人問人家這種問題的！雖然薪水少得可憐，我還是坦誠回答了：「一萬二。」他眼珠子幾乎掉出來：「那麼少？」他憐憫地看著我：「太壓榨了！妳有大學畢業吧？」什麼話，「當然啊。」「那妳為什麼不去考公家機關？」真煩，為什麼不考研究所？為什麼不考中小學教師甄試？為什麼不考高普考……這些日子以來，不斷被問這些問題！「我不想當公務員。」「公務員有什麼不好？」「我想做比較自由的工作。」那位好心的科員，回頭指一指辦公室，有剛提著大包小包青菜回來的，有耳朵夾著電話，手裡一邊打著毛線的……「妳看，很自由啊。」他又強調了一次：「公務員很自由啊！」

一拿到資料，我落荒而逃，仰頭看著灰撲撲的天空，想著剛才那個人說的話，想著這個雜誌社這樣壓榨員工，還有些說不出來的詭異，那些捐款，真的都送到受訪者的手中嗎？我是否被斂財者利用了？大學畢業三個月以來，第一次，我感覺到了委屈，眼淚無聲滑了下來。

我再度辭掉了工作，繼續尋找……我到底在找什麼呢？

一九八六，台灣解嚴的前一年，整個社會是一鍋未掀開鍋蓋的滾水，報社、雜誌醞釀著一個星團大爆炸。而我，開始從一個個光怪陸離的雜誌社，展開報導生涯的奇幻旅程。

後記

之後的幾年，我待過多家雜誌社、報社，跑過服裝、室內設計、冒險運動、科技、證券、中國音樂、國劇、出版……一年換好幾個老闆，換換換，換無可換，出國再念兩年書回來，轉入出版界，做過電台主持人……直到一九九九年春天，我來到聯副辦公室，從此，我的心安定了下來。

卷一

副刊的前世今生

審稿

◎多年來，我深深體會，「審稿」這件工作，面對的終究不是「稿」，而是人，一切冷暖只能放在心中。

我年少時對副刊編輯的想像，坐在舒服寬大的扶手椅上，桌前一大落稿子，拿起一份稿子，讀幾頁，丟進垃圾桶，下一篇，讀幾頁，丟進垃圾桶……。當然，他一定是戴著眼鏡的，不時點一根菸。當菸灰缸和垃圾桶齊滿時，他下班了。

完全刻板的想像，也對，也不對。戴眼鏡是遲早的事，我沒近視，初進聯副時，以為自己的好視力打破了編輯都是深度近視眼的偏見，現在我看版時，卻不得不戴上老花眼鏡；菸，現在沒人敢在辦公室裡抽了；至於那個「垃圾桶」……這真是挑動所有投稿者的敏感神經啊！（按：「垃圾桶」當然只是個比喻，且今日來稿多半是從電子信箱。）

我剛畢業時做了多年的記者，東奔西跑，辦公室不遠處另一角落的副刊組，隱隱對我散發著難以言說的吸引力。那時我認為副刊編輯，是全世界最好的工作，能做副刊編輯，是被祝福的人。想想，工作就是讀稿，對於熱中閱讀的人，世上還有更好的工作嗎？我對天堂的想像，也不過如此啊。更何況，在一九八〇年代末，還是報業以及副刊的黃金年代，副刊擁有龐大的人力，坦白說，我老覺得他們很「閒」，閒到某一天，我才知道，當我剛進報社時，副刊組裡竟有一位編輯與美編打賭，賭誰能先把我約出去喝咖啡。

我像高牆外的小孩，踮起腳尖，從圍牆花磚的鏤空縫隙張望他們的工作，那在我眼中悠閒又權威的姿勢，嫉妒羨慕著牆裡的人。後來我跟一位副刊編輯C交往，有一天，他皺著眉頭告訴我，副刊工作不是我想像的那麼輕鬆悠閒！他正被主編逼稿，他的文學獎決審紀錄始終沒交，很厭煩這種瑣碎的記錄工作。記錄？那有什麼難。我問他有錄音帶嗎？他大喜過望，怕我後悔似地，立刻去把錄音帶找出來交我手上。當晚我熬夜，工作到第二天中午，把五千多字的決審紀錄整理出來。我其實寫得癡了，從聲音裡辨識我崇拜的詩人楊牧的聲音，我連見都不曾見過他呀。第二天我交上一疊手寫的紀錄稿，C不敢置信，我一天內完成，並且謄寫得乾乾淨淨。

我間接得到一些讚美，雖然那時除了他沒有人知道紀錄其實是我寫的。C說妳也別太得意了，那不是副刊編輯的重點，他說：「我最大的長處是審稿的能力。」我笑說：「可是你審得好不好誰知道？又沒有人去檢查你的垃圾桶，說不定好稿子都在裡頭。」

現在我知道，這所有的揶揄，都可以原封不動回到我自己身上。而即便我深知今日副刊無論影響力、人力都不可與當年同日而語，工作之瑣碎繁雜較當年則何止倍增，C說的卻仍然是硬道理，一個好的副刊編輯，最重要的長處，還是在於他的審稿能力。沒有人可以去檢查他的垃圾桶，可檢視的，只有整體呈現出來的版面而已。

什麼是審稿能力？我想不僅止於對作品文學上的鑑別能力而已，台灣「副刊」長期以來，在文學這個核心之外，有一個朦朧的外圈，那個外圈是什麼，經常是由主編主導定義著它，也隨著時空環境而須調整轉變。文學品味、閱讀的廣度、對文化的寬廣認知、對趨勢的敏感，對各種文學派別、族群、年齡層的包容與平衡，都屬「審稿能力」的範疇吧。

當年所有的揶揄，都原封不動回到了我身上。審稿面對的質疑，難以避免。有我其實從未收過他稿件的前輩，不時來信痛罵，認為副刊是少數作家長年霸占的地盤。有作家未來稿前先來信詢問，某一議題稿件是否有興趣刊登？我回信告以歡迎。但收到稿件，發覺只是資料的拼貼，在過去資訊不發達的年代，這樣的文章還是有它的傳播價值，然而現在上網一 Google，要什麼有什麼；除非作者從中表現了獨到的觀點，或是敘述的魅力，否則只好抱歉退稿了。這對於過去可能來稿必用的資深作家是一大打擊，他來信嚴責的詞句，我便不轉述了。但我能怎樣讓他明白時空的變化呢？有作家認為，我們都只看「名氣」審稿；更有一位作者，退稿後打電話來要我「注意」一下。還有一種投稿者，辯解的理由總是說：可是我朋友都說我寫得很好！唉，第一，你朋友多半不是專業的編輯，他並不會判斷；第二，就算是，他也不好意思說你寫得不好；第三，他不用付你稿費！

多年來，我深深體會，「審稿」這件工作，面對的終究不是「稿」，而是人，一切冷暖只能放在心中。僧多粥少，要讓所有人滿意，原就是不可能之事，在嚴格與寬容之間的分寸拿捏，我始終仍在學習。

那些留用的稿子，上版後，編輯清完了版交給我，重讀它們，我的心再一次審稿。有後悔婦人之仁的時候嗎？我必須坦白說，有的。

而有時讀著，忍不住對身旁同事讚嘆：「這個晶晶是哪裡迸出來的啊？真會寫！」「張雍已經不只是攝影出色了。」「黃信恩、阿布、吳妮民、張光仁，吼，這些新跑出來的醫生作家怎麼那麼厲害啊？」「劉靜娟的文字，還是好有情味。」「張輝誠這篇〈尋找李一冰〉實在有心，實在感人！」……有時嘆一聲後生可畏，有時讚一句寶刀未老，那是一個編輯在這份工作上最大的回饋。於是我明白，副刊編輯，仍然是一份被祝福的工作。

投稿

◎周公送詩過來，我下樓取稿，他一定要重重地握手（好痛喔！）同事們取笑說：「周公是專程來看妳的啦。」

與詩人楊牧先生聊起來稿，我說他真有古風，大作還是用郵寄的呢。楊牧先生說：「我喜歡把稿件裝進信封，投進郵筒。投稿投稿，感覺這樣才算是『投稿』啊。」

維持這種「投稿」古風的作家還有余光中、洛夫、管管、張默、碧果、辛鬱（一九三三—二〇一五）、席慕蓉、李敏勇、朵思……等等，幾乎都是詩人。他們的來稿多半還附一封簡短信函，禮貌致意。後來楊牧先生有時也由夫人夏盈盈女士幫他把稿件掃描E-mail給我，但他仍習慣手寫一信，一併掃描傳來。我猜方便之餘，他可能會有一點失落吧？我理解他說的，把稿件放進信封，彌封，投進郵筒，那對於作品發表的鄭重態度，那種儀式感。

我從這些前輩詩人身上，學習對於自己作品出手的慎重，待人的禮貌，溫柔。啊，不免想起，昔日周夢蝶先生，他甚至親自把稿件送來報社。那時報社還在忠孝東路，周公送詩過來，我下樓取稿，他一定要重重地握手（好痛喔！）。同事們取笑說：「周公是專程來看妳的啦。」後來讀到多位主編回憶周公的文章，知道周公經常這樣親自送稿。

許多前輩作家或許學會了新科技，使用電腦寫作，E-mail來稿，但仍維持著這莊重的儀式感，附一短信，說明投稿，也問候近況。當然我的回信，也盡可能對作家來稿有些回應。有次接獲詩人陳義芝的散文，我回信說，大作「非常動人」，我還記得那篇是他懷念父親的〈戰地斷鴻〉，大時代的悲劇，令人動容。他得到回響，愉快地回信：「妳的信非常動人。」

詩人管管的投稿作品。

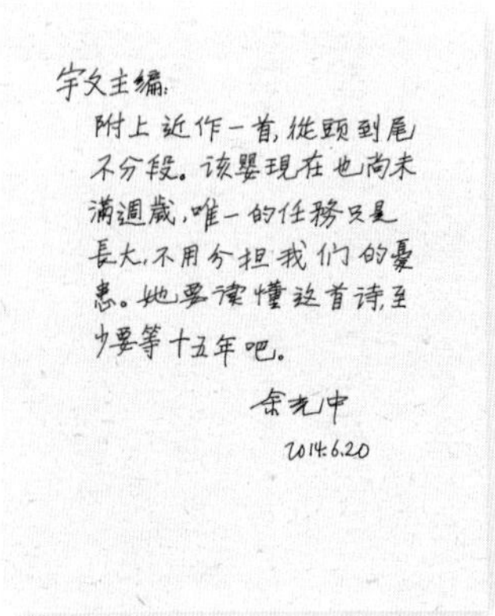

宇文主編：

附上近作一首，從頭到尾不分段。該嬰現在也尚未滿週歲，唯一的任務只是長大，不用分担我们的憂患。她要讀懂這首詩至少要等十五年吧。

余光中

2014.6.20

詩人余光中手信。

2

1

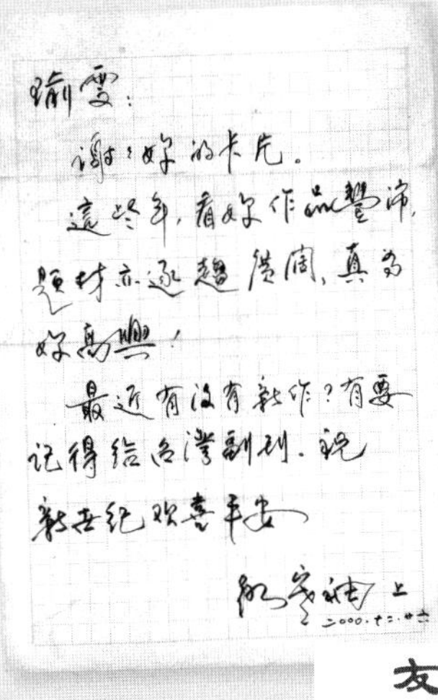

瑜雯：

謝謝妳的卡片。

這些年，看妳作品豐沛，題材亦遼闊，真為妳高興！

最近有沒有新作？有要記得給台灣副刊。祝

新世紀歡喜平安

路寒袖 上
2000.十二.廿六

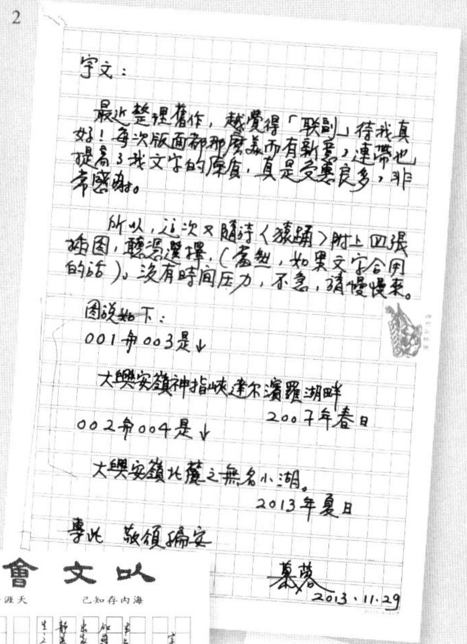

宇文：

最近整理舊作，越覺得「聯副」待我真好！每次版面都那麼美而有新意，連帶也提高了我文字的厚度，真是受惠良多，非常感謝。

所以，這次又隨詩〈孩頌〉附上四張插圖，請選擇，（當然，如果文字合用的話）。沒有時間壓力，不急，請慢慢來。

圖說如下：

001和003是↓

大興安嶺神指峽達尔濱羅湖畔
2007年春日

002和004是↓

大興安嶺北麓之無名小湖。
2013年夏日

專此 敬頌編安

慕蓉
2013.11.29

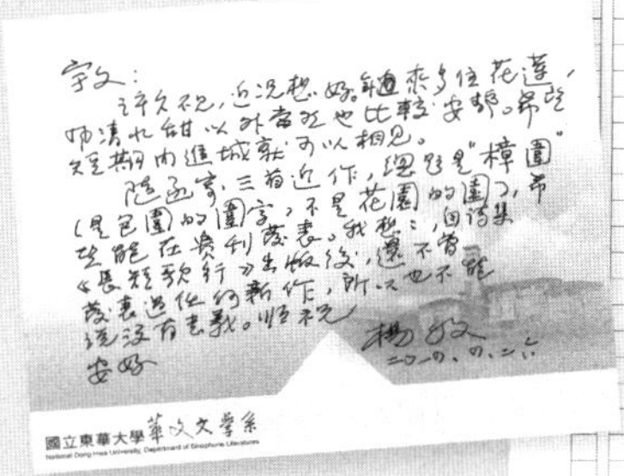

宇文：

許久不見，近況想好。我遷來多住花蓮，帥清比甜以外當然也比較安靜。希望短期內進城就可以相見。

隨函寄三首近作，總題是"樟園"（是包圍的圍字，不是花園的園），希望能在貴刊發表。我想想，自詩集《長短歌行》出版後，還不曾發表過任何新作，所以也不能確定有意義。順祝

安好

楊牧
二〇一〇、〇、二六

國立東華大學華文文學系
National Dong Hwa University, Department of Sinophone Literatures

3

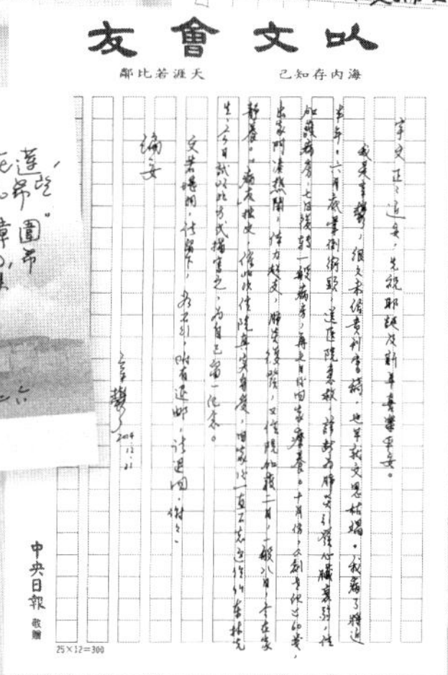

以文會友

海內存知己　天涯若比鄰

宇文正之道安，先祝耶誕及新年喜樂平安。

我是辛鬱，很久未給貴刊寫稿，也早就文思枯竭。我病了將近一年。[illegible]

編安

辛鬱
2014.12.21

中央日報 敬贈

25×12=300

4

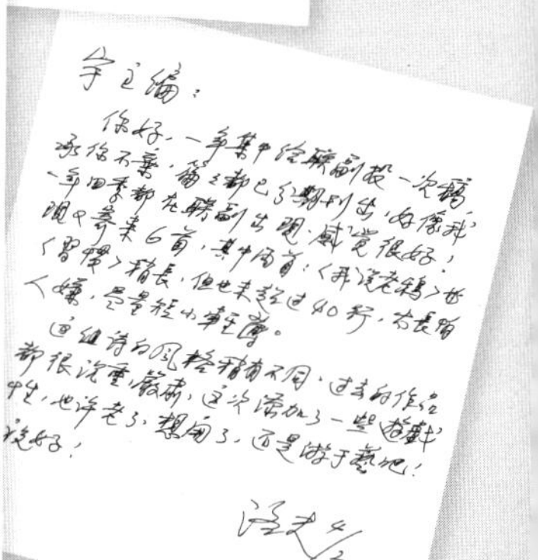

宇文編：

你好，一年幾乎給聯副投一次稿，承你不棄，篇篇都已刊出，好像我一年四季都在聯副出現，感覺很好，這回寄來6首，其中兩首：〈再讀老鶴〉太長，〈[illegible]〉稍長，但也未超過40行，有點為人嫌，[illegible]。

這組詩的風格稍有不同，過去的作品都很沉重、嚴肅，這次添加了一些[illegible]，也許老了，想開了，這是好事吧！

祝好！

洛夫 [illegible]

5

1 | 2
3 | 4 | 5

1. 詩人路寒袖擔任《台灣日報》副刊主編時，以毛筆回信並邀稿。
2. 詩人席慕蓉投稿來信並簡單說明圖片文字。
3. 詩人楊牧投稿附上的來信與問候。
4. 詩人辛鬱生前以稿紙手寫來信。
5. 詩人洛夫手信。

強調前輩作家的「禮貌」，是因為我愈來愈常接到一些來稿，既沒有隻字說明，作品裡也沒打上自己的名字，似乎有把握你一定能認出他的文字風格？如果他的E-mail使用本名倒也罷了，有的寄件者顯示的是中文名字的英文拼音、縮寫，或者Jenny、Michael、Mandy加上一串數字，我怎麼知道是誰啊？寄到我的私人信箱，心想一定是熟人吧，想破了腦袋，只得去信，敢問大名？這種猜猜我是誰的稿件，與日俱增，教人怎麼辦呢？

有回，一位旅美的知名作家來信告訴我，他投到某報的稿件，石沉大海，連用不用都不說一聲，他再也不投那個副刊了。我回信告訴他，就我所知，那位主編為人敦厚，也許是不小心忘記了，更可能的是，他根本就沒有收到稿子。我這人是不信任科技的，E-mail這種東西怎可盡信？到達不了收件者手中的E-mail多如繁星，在茫茫網路裡，那些流浪石塊，究竟在哪一個星球殞落？或是比寄件者更永生地猶自在網路宇宙裡流浪呢？

但那封信也使我深自檢討，我們感慨著投稿者的禮貌流失，作家們不也抱怨著現在編輯的態度、熱情大不如前？雖然努力向前輩作家解釋，昔日一個副刊，十幾人編版，現在就以聯副組而言，長期以來，六、七人編五個天天見報的版面（聯副、繽紛、家庭副刊、《世界日報》副刊、小說世界），來稿又極多，要每一封來稿皆細細回覆，有的作者甚至要求說明退稿問題何在、須如何改進，確實是辦不到。而我想其他報紙副刊人力吃緊、忙碌的情況，必定也不遑多讓。這是媒體、副刊環境的現實。有些退稿，使用制式的退稿信，也只能請求諒解；否則這個編輯，一天上百封的退稿原因及改進方法說明信，他就算從早寫到半夜，其他什麼事也不做，恐怕還是寫不完的。

沉浸在對「美好年代」的感傷，不是我的風格。對於現實情況請求諒解之餘，其實使用E-mail與作家聯繫，迅速地傳達、致意，不僅方便，更有傳統郵遞達不到的即時之樂。

幾年前有次我給台大彭鏡禧教授回E-mail，不慎把他的名字打成了「競禧」，他回函指正。我馬上去信道歉，並且自己罰寫一百遍——當然是用複製、貼上的啊。他也很快地回信，第一句便是「哈哈哈！」從那信的語氣，似乎可以看到他在電腦的那一端爽朗地大笑出聲。他說，使用電腦，有很多的樂趣，不是嗎？日前詩人鯨向海來稿〈哀縫〉，那是二十餘行，但每行多半只有二字，至多五個字，「形狀」相當狹長的一首詩。我覆信說，詩留用，「可是……iPhone 6長胖了耶！」從詩人的回信，我也彷彿能見到他在電腦前，不，可能是在手機前，笑了出來。

退稿

◎做主編，要有被討厭的勇氣，是我以點點滴滴親身遭遇，從這個職場上學到的一件珍貴的功課。

世間退稿有各式各樣理由。退人者，人恆退之。我剛開始寫作，當然也曾接受退稿。那時我與文壇陌生，收到的退稿信都是制式的信件，只說稿件未採用，甚至沒有退稿信，就是原封不動把稿件寄回；偶有加一二句說明的，多半是「字數太長」。我最初寫小說，創作量豐沛，作品動輒五六千，多則上萬字，自認為並不長呀，短篇小說一般不就這個字數？要到自己當了編輯才明白，版面永遠是不夠的；而長稿和短稿標準寬鬆難免不同，因為一年就是三百六十五天，一天只能有一篇主文，作家何其多，一篇作品若要連續占去兩天以上的頭題，自有更嚴格斟酌的必要。

當了主編，副刊雖設有公用信箱，許多稿件仍直接寄到我手中；不可能照單全收，退稿，是這份工作中不可承受之重，尤其面對知名作家，或是自己熟識的作者。我常請教同業，都是怎麼樣退稿的呢？有人教我，告訴對方，這一篇「文學性稍弱，請另賜作品」。常常我這麼一說，對方馬上「另賜作品」而來，能用，當然皆大歡喜，若是情況與前稿相似，總不能再追一信，請他再「另賜作品」？大家都尷尬了。

我只好含糊其辭，先抱歉，然後告知不適合，未能留用，而不多做解釋。除非真有一個確切不能用的理由。比如稿件有極高的時效性，要登，就非得立刻刊登；但副刊運作方式與一般新聞版不同，副刊版面設計考究，須提早預作。突然來一篇時效上必須立刻刊出的稿件，要不要把已經上版的稿子撤換下來？那可能是已經等待三個月以上的作品了，把它換下來公平嗎？甚至能不能換？你有時效性，也許別人也有，而人家可能早早就來排隊了。設若每篇有時效性的稿子都來者不拒，那麼那些默默投稿，從不多說一句話的作者，要等到何月何日作品才能得見天日呢？這是一個複雜的考量，副刊是文學的園地，副刊也是報紙、媒體的一環，要吸引讀者、表現時代的脈動，也要鼓勵安靜的創作者，折衝之間，常常考驗主編的抉擇。

又比如說談的是政治或是社會議題，筆法完全「不文學」，這時可以告訴對方文章「性質」不適合副刊。許多報紙設有民意論壇之類的版面可以發表議論，今日在網路表達意見也很方便；而作家發表創作並獲得稿費的園地，在這個時代卻是愈來愈珍稀了。

其實，不是談政治、論時事的文章必不適合聯副，說到底，這「不合適」，還是因為「沒寫好」。但這要如何啟齒呢？退稿已經很傷人了，怎可再補上這麼一槍？我總覺得文學愛好者的心應是冰雪聰明的，有些事心照不宣就好，實在不必打破沙鍋問到底。

我遇過最使我錯愕的兩次退稿事件。一次是一位早年媒體同業前輩，她後來搞政治去了。某個星期六投來一文，我們沒有即時回覆。她來信訓斥收稿的編輯，認為他怠惰，懷疑他「欺上瞞下」沒有把稿子轉給主編。同事把信轉給我看，我便去信說明，她來稿時間是在周末，我們沒有上班，並非同仁不理會。其實即便在平日來稿，因為稿件眾多，也還需要一點閱稿時間。不料她回我信說：「想不到聯副現在這麼墮落！星期六竟然不上班!?」墮落？自從實施周休二日，應該是二〇〇一年起吧，副刊便是周六、日不上班的了。副刊在報社中性質獨特，以刊載文藝作品為主，版面皆為預作，除非有重要文壇大事，例如諾貝爾文學獎揭曉，那麼便是深夜也得加班；平日只要把版面預先作好，周六放假，有何墮落？我曾在電梯遇見本報的顧問作老（張作錦先生），那時我剛與一位海外作家喝咖啡回來，晚進辦公室。作老與我寒暄，我說剛見了某某人，他非但未責以「上班時間跑去喝咖啡」，反倒贊許：「副刊主編的辦公室，不在辦公室裡！」對副刊編輯而言，在家裡，在床頭，在車上，所有的閱讀，所有的思索，都可能是工作的一部分。

但前輩來勢洶洶，我趕忙先讀她的稿件。那是一篇大聲疾呼地方政府採取某措施的文章。文章觀點固有可議之處，但見仁見智我無意批評，只去信告訴她，此文有時效，且性質不適合文學副刊，不妨投民意論壇試試。我以為自己寫得委婉禮貌，未料前輩大怒回信把我痛責一番，說難怪現在副刊愈來愈沒有影響力！信中要我舉辦一場座談會，廣邀作家名人來談談，看看是她有理，還是我有理！我瞠目結舌，設若每退一稿便要舉辦座談會來討論，我改行去開法院好了。我怎麼辦呢？沒怎麼辦，回信謝謝指教。

另一件，也是一位喜談政治的作家，偶寫一點生活隨筆，副刊有時也刊登的。

這篇來稿，是他為年輕女兒投來，長達七千字的演講稿。這年頭七千字演講稿，便是諾貝爾獎得主，恐怕也登不出來，何況其內容、觀點實在未有獨到之處，我自然是退了。不料幾天後那稿子卻從報社高層經過顧問、總編層層轉了下來。我收到從上司轉來的稿子，現在回想也不太明白，一向脾氣不是太壞的我（是耶？）那一回卻真動了氣，下班前埋首寫了封長信給新上任不久的總編輯，說明此稿非退不可的理由；心裡已有打算，大不了老娘不幹了！總編一句話都沒來多說，但也許皺眉頭：這女生那麼悍？他不過轉個 E-mail，又沒囉嗦？他心裡做何感想，我從來不得而知。轉稿是常有之事，有時我也受人之託把稿子轉給繽紛、家庭、世副（《世界日報》副刊，簡稱世副）或是健康版、民意論壇等等，純粹代轉，用不用，悉聽主編做主。然而分明已經退了的稿子，再拿去給主編的上司交下來，這作家的心態便很可議了。我倒未因為堅持退稿受到為難，沒有人來向我提起這件事。離奇的是，不久之後那位作者因文章惹出偌大一場政治風波，我幸運地與這場風波擦身而過，真是始料未及。

還有一位作者長年寫信以惡毒言語辱罵主編，以及常在副刊上刊登作品的作家。其實我從未收過他的投稿，也就連退稿的機會都沒有，卻有此惡緣，實在也是始料未及。但我不想引述任何他的文字。多年來，我已從最初的震驚、流淚；一度把這種行徑轉化為小說題材，藉此宣洩委屈；到如今面對，慢慢地比較波瀾不興了，甚至若忽有一陣子沒看到他的信，我會問問同事最近有收到某某人的信嗎？莫不是他生病了？

我想他是珍愛自己的作品的，一切執著由此而生。每個主編必有自己的好惡、品味，知識、經驗的限制，擔任主編近十年，我必然可能錯過了一些好文章、一些好作家，但我熱愛副刊這個園地，亦從未對人懷有惡意，設若錯過了，也只是一時錯過，我相信對於好作家，不會永遠錯過。

而有時作品某編輯認為不好，其他編輯覺得甚佳，那麼另尋出路，也是常有的文學因緣啊。我自己年輕時印象深刻的一次投稿經驗，某篇小說被比較邊緣的副刊退稿，我自己審視，還是喜歡的，鼓起勇氣轉投聯副，意外獲得採用。小說標題是〈聖誕夜的玩具交響曲〉。當年我沒沒無聞，更不認識聯副裡的任何一位編輯，給我回信的前輩編輯是黃秀慧小姐，短短的紙條，告訴我「寫得真好」，就這四個字，讓我興奮得失眠。至今我與黃小姐從未謀面，一直感念在心。

我想憤怒所綑綁的，終究是自己。而僧多粥少，永遠不可能滿足所有作者，做主編，要有被討厭的勇氣，是我以點點滴滴親身遭遇，從這個職場上學到的一件珍貴的功課。

催稿

◎「你最想暗殺的人是誰？」，有九位痛快回答：「作家！」為什麼呢？同文裡寫到「編輯八恨」，第一恨便是「作家黃牛，沒交稿」。

《自由時報》副刊向我約一篇春節專輯的稿子，篇幅不長，趕緊寫好了交出去，比「deadline」提早一星期。梓評接到稿子回信讚美，「真是太厲害了。速度又快又好看……」好不好看很難說，人家有可能是客氣，但他口吻中難掩的驚喜，我讀出來，重點是「快」。同為編輯我太理解那心情。年前跟郭強生、許悔之約一篇稿子，為「繆思的星期五——文學沙龍」朗誦會的結束而作，囑他們過完元旦假日交稿。還未收假，稿子皆已送達我的信箱。我根本來不及讀，立馬去信致謝。不拖稿已經很感動，連催都不必催，那真是聖恩浩蕩！

簡媜二十年前所寫的〈一個編輯勞工的苦水經〉，開宗明義便說，在一次非正式的口頭調查中，十位從事編輯工作的人被問到「你最想暗殺的人是誰？」，有九位痛快回答：「作家！」為什麼呢？同文裡寫到「編輯八恨」，第一恨便是「作家黃牛，沒交稿」。此恨綿綿無絕期，相信二十年後再做調查，答案還是不會變的。

或許有讀者不解，副刊不是躺著等作者投稿就得了，為什麼需要「催稿」？不，副刊並不是永遠等待作者來稿，雖然那也是一種編法，但是那太被動了。作家零星的來稿，日積月累當然也可以看出那時代創作、思想的潮流以及社會的脈動，但副刊編輯還有個任務，預先看到趨勢，看到可期待的作家，於是會有企畫性的專題，點出思潮；會有長期執行的專欄，提醒讀者留意精采的作家，同時也鼓勵作家專注創作，人有時候需要一點壓力，更能激發潛能。副刊史上知名的專欄：聯副的「玻璃墊上」（何凡）、「寶刀集」、「感時篇」（張作錦），《中國時報》人間副刊長年經營的「三少四壯」都是經典例子。

當前聯副較被矚目的欄目，可能是每兩個月一位的聯副「駐版作家」，以及每周一D2版的「文學相對論」（民國一〇五年九月起移至D4版），邀請的都是創作力正在高峰的作家。

邀約專欄或是企畫專題請作家執筆，自然都是慎選優秀、專業的作家，賦予信任，也充滿期待。而一旦需要催稿，所謂的信任或「鼓勵」就會變成「鞭策」；這「鞭子」一跑出來，便考驗著作家和編（鞭）輯之間的情誼。

我是一個什麼樣的編輯呢？記得剛畢業時當記者，有回採訪吳念真先生，他說曾經有次被催稿，逼急了跑到頂樓跟編輯說：你再逼我，我就跳下去！那時一派同情：好可憐喔；要到自己做了編輯才明白，真正想跳樓的人是編輯吧。

但是大概這種「人家可能會跳樓」的心理從未從我心上除去，我始終是個婦人之仁的編輯，專業能力中最糟的一項就是催稿。截稿日到了，約定的稿子還不來，寫E-mail去，主旨還要不爭氣地嘻皮笑臉說：「催稿魔來了……」嚇誰呀？日前向一位女作家邀稿，她未能如期交稿，臉書上向我請求寬限。我丟一個舉手說「OK」的小貓圖案給她，順便再按一個新年快樂圖給予祝福。她愣住了，「妳脾氣也太好！妳應該打我屁股才是！」我回答她：「我找不到打屁股的圖案……」她回了我一個笑出眼淚的笑臉。沒辦法，一遇上我欣賞的作家，那種寵溺孩子般的母性激素便自動分泌。

當接受邀稿時，我的心會站在編輯的立場，努力早早交稿，讓人家安心；做為編輯對外邀稿時，我又情不自禁同情作家的處境，不能逼人太甚，真是蝙蝠。

於是有時預定的文章不來，先提個大綱請插畫家自行想像「配」圖；組版時還不來，先把版面空在那裡，辛苦美編，在最後一刻拿到稿子速速完成，驚險過關。即使過程萬分煎熬，但拿到的稿子讓人不枉等待，還是忍不住擊掌叫好。作家王浩威的稿子據說是出名的難催（？），有回策畫〈時代之眼——網路心理學〉專題，浩威兄的稿子遲遲不來，也難為了他，後來他人已搭上飛機，在旅次中趕出五千多字的稿子，千里傳書。雖然讓我捏一大把冷汗，但是那篇〈一個樂觀主義的心理人對未來社會的想像〉，寫得真是好，依然覺得千恩萬謝。

這到底是好的結局。但也曾策畫的系列專題，少了某一篇，便失去了某一角度的看法，催不來就是催不來，臨時找其他作家為時已晚，終於只能算了。甚至，有回合作舉辦文學獎的單位，得獎作品要出版了，預約的序始終不來，我幫忙去催，到付梓前仍無功而返，最後索性自己「下海」幫忙寫序才算了此公案——這樣的催稿本事，真的可以去跳樓啊。

作家對我來說，永遠鞭長莫及！但我怎麼敢把自己這要命的弱點寫出來？以後約稿豈不門戶大開，等著開天窗？所以啊，現在企畫專題時，多半請那比我有個性得多的同事去邀稿，黑臉給他做。不然做主編幹嘛呢？

連載

◎我趕上的兩大報連載是金庸，在聯副的《連城訣》，在中時人間的《倚天屠龍記》……在吃緊的生活費裡，從不吝惜保留訂報的習慣……

在副刊的變遷史中，有一些東西消失了，不是它不好，只因時空變化，難以生存了，其中最讓我懷念不捨的，就是長篇小說的連載。

因為我自己正是從閱讀連載而開啟一天不看報紙便渾身不對勁的人生。那是國中一年級的事，每班教室都會有《中央日報》，每天報紙一送來（啊，我已想不起來，是工友送來？是送報生從我們教室的窗子丟進來？還是老師拿進來的？是整份？還是只有一張副刊？）我們一群女孩子立刻圍上，幾雙眼睛一起共讀角落上的連載，趙淑俠《我們的歌》（民國六十五—六十六年）。小說裡的場景是對我們而言天涯海角的慕尼黑、蘇黎世，還記得男主角是音樂家江嘯風。

據說民國五十五年聯副刊出翻譯小說三浦菱子的《冰點》，讀者反應空前熱烈，連載完後出書，初版二十萬本，三天內搶購一空，冰點成沸點，蔚為出版界奇蹟，便是今日聽來，也讓人激動。《冰點》我才出生，瓊瑤《煙雨濛濛》我沒趕上，楊子《變色的太陽》，高陽《李娃》、《風塵三俠》、《少年遊》……我全沒趕上。估計都是我國中時期吧，學校怎沒訂《聯合報》？不然我一定搶報。不過，那些長篇連載作家與編輯之間的故事卻是聽了一些。

最令人津津樂道的是高陽與主編瘂弦的故事。據說高陽好酒，酒一喝，不知今夕何夕。副刊到處找不到人，拿不到稿，連載只得暫停一日，第二天一早，《聯合報》所有的電話都在響！怎麼辦呢？瘂弦的辦法是在聯副弄張專屬桌椅給他，每天把他押到副刊來，要喝酒就供酒，只要他肯坐著乖乖寫稿。那是什麼樣的年代噢？

我趕上的兩大報連載是金庸，在聯副的《連城訣》（民國六十八年），在中時人間的《倚天屠龍記》（民國六十九年）。之後印象最深刻的連載閱讀是蕭麗紅的《千江有水千江月》（民國七十年），都在我的高中階段。這養成我離家上大學後，吃緊的生活費裡，從不吝惜保留訂報的習慣，通常是《中國時報》和《聯合報》每學期輪流訂。

我在宿舍寢室門上掛一個漂亮的信插，送報人每天會把報紙放進我的信插。現在只知用Line、臉書聯繫的孩子，可能不知道什麼叫「信插」？

那麼連載是何時沒落的呢？台灣副刊眾多，我無法明確指出具體的時間點。我剛進聯副不久，聯副還曾連載過沈寧的《嗩吶煙塵》（民國八十九年），連這篇名都是我擬的（作者原名《母親的故事》）；自由副刊連載過《燭光盛宴》（民國九十八年）；近年人間副刊與外界合作的電影小說獎，也還連載得獎作品。但這都不是常態，且只能節選刊登，而與當年讀者為了追讀連載每天等報紙的時代完全不可同日而語了。

不是作品不好看，我對副刊不再輝煌是因為「現在作家的作品不如以往」、「文章不好看」這類說法，深深不以為然；我也常碰到新聞同業對我說類似的話，可是就我所知，說這些話的人，他們早已離文學甚遠，只記得自己文青時代的美好。

連載的沒落，最大的原因，一是讀者閱讀習慣的改變，二是副刊版面的限制。在民國七十年代以前，資訊單純，不若今日眼花瞭亂。那時人們對報紙依存度高，有一好看的連載小說，便能勾著讀者的心，追隨守候；而今日資訊管道之多，花樣之繁，實在不必贅述。

至於版面的限制，以數字說明便一目瞭然。七十年代的聯副，每日整版可納一萬餘字，逐漸地，字體、間距放大了，圖像的地位、設計的美感重要了，如今的聯副每天不到五千字，年長的讀者，仍然覺得字不夠大，讀得吃力呢。我們現在拿出以前的報紙也頗吃驚：以前人眼力都這樣好？只能說，那時候的人，就是這麼「耐煩」。趨勢一形成，便不可能倒帶，那樣文字緊實的版面並沒有不好，我自己也是那麼讀過來的，可是如今再如此編版，現在誰要看？當全版不到五千字，設若再有一個每天固定八百、一千字的連載，那便是昭告天下，所有四千字以上的稿件都不必投來，如果恰好還經營一些千字左右的小專欄，那就連一些小短文、詩也擠不進來了。也才會有作家如此誤會：「聽說你們現在投稿規定不能超過兩千五百字？」我自己是寫作人，深知作品的長度是依它自己的生命長成的，除非是企畫專題，否則不可能要求作家削足適履，也未曾提出過這樣的字數上限。

連載，對投稿者來說，排擠效應實在太嚴重，就一個開放的文學園地而言，我認為總須顧及比例原則，尤其今日副刊已所剩無幾，文學雜誌是中長篇較為合理的去處；有時出版前，在副刊節選精采片段刊登，然後請讀者直接找書一氣呵成地讀，是不得不然的權宜之計。

長篇連載，可以確定的是，已在我手中從聯副消失。不只小說，上萬字的長文、報導，除非特別精采，或是熱門話題，否則多半也只能「婉拒」。曾因此得罪過作家，自己則耿耿於懷，非常難過。到如今，終於可說是債多不愁了。

稿費

◎副刊所剩無幾，要以稿費養家活口，根本不可能。我同時是作家也是編輯，比誰都嚮往過去的好時光……

說到稿費，不免無言／顏以對，常有作家向我抱怨，四十年稿費沒漲過！有作家對我說起四十幾年前，拿到一字一元的稿費，他當時月薪一千多元，一篇一萬多字的小說，稿酬幾乎是一年薪水！聽得我又羨又愧，回答他：「您至少過過那種好日子，我呢？誰不想生在盛唐啊!?」

我說「盛唐」不全然是「比喻」，唐代文人「稿費」之優厚，真的令人咋舌。就從初唐說起吧。據說王勃因為辭采華麗，慕名請求代筆者眾，於是他家裡「金帛盈積」。到盛唐有個李邕（李北海），能詩善文工書法，達官貴人、各地寺廟紛紛重金請他寫文章，他寫過數百篇這類「邀稿」而成鉅富。杜甫詩曾描寫李邕家的派頭：「干謁滿其門，碑版照四裔。豐屋珊瑚鉤，麒麟織成罽（讀ㄐㄧˋ，織毯）。」被認為是自古以來因寫文章而獲得最多錢財之人。這樣好的事，怎沒落在杜甫先生頭上呢？

從前不稱「稿費」，稱「潤筆」，語出〈隋書・鄭譯傳〉。鄭譯是隋朝開國元勳，後因被舉報「貪贓求貨」以及對母不孝等事遭到貶官，但隋文帝感念他當年共患難之情，又把他召回京城賜宴，酒酣耳熱之際，便要內史令李德林立即草擬詔書恢復鄭譯的爵位，宰相高熲一旁戲說「筆乾了」，鄭譯答：「不得一錢，何以潤筆？」我猜這鄭譯先生大概真的滿腦子錢，才能一脫口就是這種幽默吧。

潤筆的形式不一定是金錢，古人向文人墨客求取詩詞書畫，或是碑銘志序，除了以金銀酬謝，還可以物易物呢。比如王羲之愛鵝，李白要喝酒，而蘇東坡，據稱送羊肉也可以。

究竟從何時、哪一份刊物開始有了稿費制度？我查閱的書籍文獻都沒有明確記載。早期的副刊或是類似副刊的版面，經常是主編自己寫稿，編者即作者，連徐志摩接編《北平晨報》副刊（一九二五年十月—一九二六年十月），據說每星期要寫幾千字應付版面。但也不可能編輯全部自己包了，還是要對外張羅稿源，稿費的制度化，可能就是在副刊形成的過程中，慢慢建立的吧。至於副刊的形成，容後另篇談論。

可以確定的是，報刊稿費的概念，是在有了副刊之後，在此之前，一般的觀念，到報社刊登文字不僅沒有稿費，並且是要付費的。清同治十一年（一八七二）三月二十三日創刊的《申報》，創刊號發表〈申報館條例〉被視為最早的文藝徵稿啟事，曰：「如有騷人韻士有願以短什長篇惠教者，如天下各名區竹枝詞及長歌記事之類，概不取值。」「概不取值」的意思，就是不向你收費。

在副刊興起，甚至成為報業競爭主力之後，稿費自然應需求而生，從每篇奉酬雞蛋兩個，到一篇海外通訊稿費五十元天價（當時米價五元一擔）皆有所聞。

今日稿費普遍在每字一至二元之間，專欄、特約專題或資深名家另有標準，詩一般每首以一千字計算，長詩另計。做為主視覺的攝影、插畫等圖像標準較複雜，每幅約在六百至三千元之譜，大致如此。加上副刊所剩無幾，要以稿費養家活口，根本不可能。我同時是作家也是編輯，比誰都嚮往過去的好時光。

昔日聯副最被稱道的是還曾經「養」過一些作家。那是民國六十六年，馬各（本名駱學良）執掌聯副，他以「聯副撰述委員」名義與十餘位年輕作家簽約，每月支付五千元做為作家的「生活基金」，鼓勵作家安心創作，如有作品發表，稿酬另計。當年獎勵的作家包括吳念真、小野、丁亞民、季季、李昂、朱天文、朱天心、蔣曉雲、三毛、蕭颯等十餘位，今日回顧，真是花開滿樹。我在《聯合報》六十周年時訪問小野，他回憶跟聯副簽約，整整五年，聯副每個月付給他五千元讓他安心寫作，「而且聯副這個約簽得很鬆，雖然說最高的期望是每個月交一篇稿，稿費還另計，但是只有朱天文、朱天心乖乖地寫，就真的成為職業作家。而我跟吳念真還照樣在別地方上班，他白天在療養院當圖書館管理員，晚上是輔大夜間部學生；我也是三心二意，不敢把工作辭掉。稿子寫不出來，馬各也不怪我們，完全沒有懲罰。出書也未必要在《聯合報》系，非常地寬厚，到現在想來仍是不可思議的機制。」

不可思議的美好時光，過度緬懷，有害身心。今日全球報業媒體的生存困境難以盡述。但即便如此，當遇上一些還沒投稿來，先來電仔仔細細詢問稿費多少錢？怎麼計算？如何支付？刊出多久會寄出？不能多一點嗎？能不能不提供身分證字號（怕我們盜用）？甚而有擔心我們竊取他的稿子而要求一收到稿件先付費種種的問題、要求時，我刻薄的劣根性立刻壓倒愧疚之心，得非常努力壓抑自己不要迸出這湧上喉頭的話來：「你稿子能用再來說吧！」

附錄

關於「稿費」一文的重要補充

日前拙作〈稿費〉一文，在臉書上得到不少回響，關乎寫作者生計與尊嚴之事呢！其中一位前輩來信補充與指正，姑隱其名附在這裡，供大家參考。

來信如下：

「讀了大作〈稿費〉，我覺得開頭那位（老）作家要不是糊弄（？）妳，就是記憶錯置。四十年前若是一萬字稿費可抵一年薪水，那不是人人都要當作家了嗎？四十多年前，那約當民國六十年左右，薪水一千多元，那應該不超過民國六十二年，那年秋天第一次石油危機，薪水和稿費都是重要分水嶺（我在那一年夏天大學畢業，國中老師薪水兩千兩百元，石油危機後，六十三年一月調成四千多元）。民國六十、六十一年，我在中時人間副刊的稿費是一百二十元／千字。石油危機後稿費調到多少，我不太確定，估計在四百／千字以下（奇怪？這段時間我不在乎稿費了嗎？覺得文學要淑世濟人？哈哈哈）。民國六十九年起我在時報工作五年，當時的稿費是六百／千字，一字一元的稿費出現時，我幾乎已未有創作，估計是民國七十年代中葉（一九八〇年代中）。還有一個更早的數據，民國五十五年，我在聯副發表一篇約四千字的小說，稿酬是兩百元。應該是五十元／千字，那正是我們的國文老師嚷嚷他的月薪只有一千兩百元的時代。那位作家說的應該是民國五十幾年的月薪和民國七十幾年的稿費比吧。」

——據此極可信的記憶，一些資深作家「稿費四十年不調」的說法是誇張了。我更聽過「當年一篇一萬字的小說，稿費可以買一棟房子」的說法，看來，大家看我老實，沒有金錢概念，都忙著糊弄我啊？不過，與當年的幣值相較，無論如何，今日的稿費偏低，這點還是要承認的。

副刊的源起

◎把夾在新聞之中「補白」的詩詞雜文移至篇末，與新聞、評論、廣告做出區隔，這個放在報紙篇末文藝性的區塊有什麼特別的稱呼嗎？曰：報屁股。

這標題像篇論文，我對寫論文沒興趣，何況源起的時代離我遙遠，很想跳過。但整本書談「副刊」，若說了半天，卻不寫副刊如何誕生，不正本溯源，好像不大對。

中文報紙上出現副刊性質的文字（主要是舊體詩）十九世紀初就有了。我有時收到資深前輩來稿，謙虛說給妳「補白」，我一看到這字眼就笑了，老前輩仍能執健筆，佩服都來不及，說什麼補白！何況，聯副稿擠得我成天因退稿而得罪人，其實無白可補。但副刊性質的文字出現報端，確是補白之用。根據清末著名報人孫玉聲（一八六三—一九三九）的說法，那時報業草創，風氣未開，每日「拼湊報版」常有缺乏之虞，於是主編把文人墨客投到報館來的詩詞，選擇格律嚴謹之作做為「補白」。久之，各類文章都來了，主編也樂於選而刊之。那些作者靠報紙打了知名度，而報紙也再不愁補不滿版面，兩者相得益彰（根據孫玉聲《報海前塵錄》）。

從新聞版面的「補白」到成為專頁的「副刊」，經歷過一段過渡階段。十九世紀的八〇年代，各報把夾在新聞之中「補白」的詩詞雜文移至篇末，與新聞、評論、廣告做出區隔，這個放在報紙篇末文藝性的區塊有什麼特別的稱呼嗎？曰：報屁股。

八〇年代中業，上海地區與《申報》競爭激烈的《字林滬報》，算是創設副刊的鼻祖。不過這個過程，不很光彩。這兩報競爭激烈到什麼程度呢？《字林滬報》主筆蔡爾康（一八五一—一九二一），原是《申報》出身，跟老東家鬧翻之後投效新創刊的《字林滬報》，後來為與《申報》競爭，時逢中法戰爭結束（一八八五），全國舉辦鄉試，所有舉子集中到北京，在中國，當然是大事，就像現在大學學測、指考，相關訊息都是頭版頭條的。不過《申報》有駐北京特派員，能得到第一手訊息；《字林滬報》則沒有。《滬報》主筆搶新聞搶瘋了，先是賄賂《申報》排字房的工人，偷取新聞，因為連電碼譯錯的地方也跟著錯，太明顯了，引起《申報》高度戒備；蔡爾康換個法子，索性去買通電報局的電報生，盜取《申報》的電訊稿，幾回下來，《申報》覺察了，電報改以「密碼」傳送，而此事揭露，各報館撻伐，《字林滬報》聲譽大跌。

為了扳回一城，在新聞處於弱勢的局面下，蔡爾康決定將報紙重點轉移到非新聞領域。其實從《申報》出身的蔡爾康，一直鍾情文藝，也曾在報上連載長篇小說《野叟曝言》（一八八二—一八八三，作者夏敬渠），開中文報紙連載長篇小說的先河。一八八五年十月起，他在新聞版面中刊設了一個「玉琯鐫新」欄目，專門登載文藝作品；一八八七年更創設了一頁獨立的《花團錦簇樓詩輯》版面，這應該就是副刊的前身了。不過《花團錦簇樓詩輯》不定期出刊，但也不另收費，編排成線裝書版式，讓讀者可以獨立抽出來收集裝訂成冊；他還把《野叟曝言》排成書版形式，每日隨報贈閱。這些舉措使得《字林滬報》重新獲得讀者的支持，一雪前恥。

《花團錦簇樓詩輯》這名字好澎湃，真令人遐想，它一共出刊四年多，至一八九一年蔡爾康離開《字林滬報》後停刊。

在蔡爾康離開後，這報紙一蹶不振，主筆頻頻更換，有藉新聞敲詐勒索的，有吸毒的。到一八九六年初，著名文人高太痴（一八六三—一九二〇）擔任主筆，這是高太痴第三度回鍋《字林滬報》，前二度離職都是因為發行文藝性附張受到高層阻力，而據說禮聘他回來的條件，是同意每天出文藝性「附張」兩頁。於是，高太痴創立了《消閒報》，版面跟《字林滬報》一樣大，每天出四版，隨《字林滬報》附送，內容為詩詞、掌故、筆記、傳記、諧文等。高太痴在發刊詞中說道：「添此《消閒報》，立意雖不外乎因小見大，以莊雜諧，而別開生面，自成一家。仍隨《滬報》附送俾閱報諸君，購一得二，既足以知中外時事，又可借以資美談而暢懷抱。」那是一八九七年十一月二十四日，這個「附張」有正式的刊名、固定的刊期、版面，被視為正式副刊的誕生。

但是，「副刊」這名字又是從何而來呢？這就得談到跟新文化運動關係密切的北京報紙《晨報》。《晨報》是五四時期的四大副刊之一。另外三大副刊分別是：上海《時事新報》副刊《學燈》、上海《民國日報》副刊《覺悟》、北京《京報》的《京報副刊》。《晨報》的前身是《晨鐘報》，原是以梁啟超為首的「進步黨」的機關報，一九一八年改組為《晨報》，副刊在第七版。但「副刊」這名詞的出現，根據《晨報》副刊第一任主編孫伏園（一八九四—一九六六）的回憶，一九二一年十月十二日，《晨報》第七版改版獨立，特請魯迅先生命名，魯迅也想不出什麼響亮的名字，主張既是隨著報紙發行，就用「晨報附刊」吧。孫伏園有請總編輯蒲伯英（一八七五—一九三四）書寫這個刊頭。蒲先生寫好送來，卻是古雅四字：「晨報副鐫」。孫伏園只好兩者並用，報眉上橫寫的四個小字採用魯迅的命名「晨報附刊」，右上角大大的刊頭則是蒲伯英的書法「晨報副鐫」；而大家習慣各取一字，成了「晨報副刊」，以後，「副刊」就成了這種報紙之中文藝性專刊的專有名詞了（參考姚福申、管志華《中國報紙副刊學》，上海人民出版社）。

《晨報副刊》在新文化運動中發揮深遠的影響力，魯迅的〈阿Q正傳〉，就是在這裡發表的。

《晨報》總編輯蒲伯英題字「晨報副鐫」，報眉橫寫則是魯迅的命名「晨報附刊」，各取一字成「副刊」。

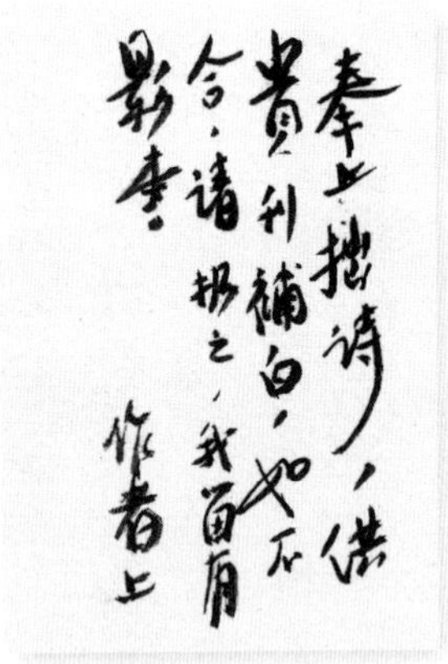

詩人張默投稿來信，謙稱作品為「補白」之用。

卷二

台下風景

電話！

◎電話，我真的怕接電話！從事副刊編輯以來，接過各式奇奇怪怪的電話，可惜沒有一一記錄下來……

話筒才放下，不到一分鐘，忽然又響，我整個人跳起來，指著電話機：「說！說我去開會了！」同事接起電話大笑：「是金倫啦。」喔，是金倫。「怎麼了呢？」聯經出版總編胡金倫在那頭問，「沒事啦，剛剛好不容易才掛掉一通電話，血壓還沒降下來，以為他又打來了……」

我想買一個血壓計，是像心電圖那種，有螢幕，可以看到血壓升降變化的，同事說：「然後就會看到，妳一接那人電話，血壓立刻九十度仰角上升！」對，證券術語，那叫作「噴出」行情。

什麼人的電話那麼恐怖？那是位學者，投來極長的稿件。我對副刊的想法，副刊不是學術性刊物，它的閱眾是對文學感興趣的一般大眾，學術論文不宜。但若筆法有文趣，篇幅亦不長，也可偶爾刊布。它是「雞蛋」理論中，比較外圍的蛋液部分，而不是副刊的「蛋黃」；蛋黃當然是文藝創作。那篇長文，我節選了部分或能引發討論的篇章，也經過作者同意了。沒想到這卻是苦難的開始，不斷被逼問什麼時候刊登？

副刊編輯最恨被問「什麼時候登？」一整抽屜的稿子，我如果每收到一篇新稿，便能準確預知它的見報之日，改行去算命好了。當然，專欄、策畫的專題，或有特定時效，如為紀念某作家、某節日而寫的稿子例外，而也正因為有這些例外因素，更不可能掌握每篇稿子的見報日。「主文」已難掌握，做「邊欄」的短文、詩更是有它們自己的「命運」。我被問煩了，好啦好啦，估計一個日子告訴他，那麼至少在那一天來臨之前，耳根可以清淨一陣子吧。「不能早一點登嗎？」我變得愈來愈強硬：「不能！」「早一點登吧？」「每一位作家都希望作品早一點登。」「我那文章很有意思的。」「每一位作家都覺得自己的文章很有意思。」熟悉我的朋友都知道，這絕不是我平日說話的語氣，但是……看到沒，我的血壓已經快速爬升，即將爆表了，「妳刪掉的那部分，也登一登吧？」啵——真的爆掉了！

「計畫永遠趕不上變化」正是媒體的特性，在那篇文章刊登前，果然來了特殊有時效的稿子，打亂了布局。預定的「那一天」一上班，我有心理準備電話肯定會來，告訴自己，放輕鬆、放輕鬆……果然，電話響了，「為什麼今天沒登出來？」我還沒解釋，學者自己做了結論：「我被白先勇擠下來了！」婉言安撫，後天就見報了，已經排好了，「那妳刪掉的那部分，也登一登吧？」

文章總算登出後，以為從此太平無事，電話又響，他又要寄新稿來了！

電話，我真的怕接電話！從事副刊編輯以來，接過各式奇奇怪怪的電話，可惜沒有一一記錄下來。「告訴妳哦！我是某某某，我寫了一篇〈ＸＸ〉，這篇文章如果不刊出來，你們報社，我會讓它倒！聽到沒？你們《聯合報》，我會讓它倒！」這是位中年大叔，在九一一恐怖攻擊事件後不久打來。

有另一大叔來電，夾纏不清地說他得了我們某一徵詩獎項，說了半天，完全不懂他究竟想問什麼，我只知道，得獎者之中並沒有這號人物。好不容易掛了電話，我嘆口氣：「這個人，連話都講不清楚，他會寫詩嗎？」我的詩人主編陳義芝回答我：「妳不知道啊？詩人就這個德行。」

有一位女作家，退稿後必來電，要我說明為何退稿，如何改進。這種電話常常不知如何說起，說了，她就開始跟你辯，何況並不是所有的稿子都有一個明確的「改進之道」，但我怎麼能告訴她，那篇實在就是平庸之作，並不是哪一處沒寫好的問題（她會殺了我吧？）。我不願多談，她說，以前某某編輯，都會很有耐心地鼓勵她，告訴她如何改進。我心想，是喔？以前的編輯真的比較閒？後來跟清志聊起（年輕早逝的作家張清志，一九七二—二〇〇六），忘了他當時在《中央日報》副刊還是印刻出版社，他也因那位女作家不堪其擾，說要在編輯同業間發起一個「〇〇受害者俱樂部」（〇〇是那位女作家的筆名），我才知道，噢，原來我不是一個人，原來我並不孤單！〇〇後來因我不再理她，轉攻我們的主編。詩人主編接了幾次電話，耐心終於耗損至蕩然無存（編輯到底是個什麼工作喲？）下回電話一響，人人自危，主編要我接：「說我出國去了。」「她要是問你什麼時候回來呢？」「就說這個人永遠不回來了！」

又有一位女士，在一個演講場合中遇見，她來向我索取名片，當下情勢「不好意思」不給，之後便接到來電，要約我喝咖啡，談談她的寫作。我說妳有稿子直接投來，不需要喝咖啡的。她說她希望我當面看稿子，有問題可以立刻指正。這還得了，比〇〇還恐怖，我說沒辦法，我必須面對的作者太多，不可能每位作者來稿，都要當面看、當面給意見。她說：「妳真的很好運！又沒有什麼了不起，就當上主編……」（以下太難聽的話還是保留吧），我平靜聽完她的批評，仔細看了她的電話號碼，告訴自己，這組號碼日後不要接。但世間從事寫作、編輯這一行的，有個共通缺點，就是數字感很差，下回電話來，我又毫無警覺地接了起來。重複的要求、拒絕、辱罵。後來，我把她的號碼輸進通訊錄，署名四個大字：「不可以接」。以後，「不可以接」一打來，我就關機了。

這篇文章其實還可無限長寫下去……但是，下回你打電話給我，如果同事說我在開會，抱歉，我真的在開會啦！

編巫

◎編版過程中無心插柳的小趣味，俯拾即是，常令我覺得「版面」這個東西，自有它的磁場，好像主編之外，還有另一個主編。

前文提到過早逝的作家張清志，他是我一度「與世隔絕」在家育兒、之後重返職場，第一個認識的作家朋友。

一次他來聯副找我，我帶他認識一下我的工作夥伴們。同事婉茹對他點點頭：「喔，妳大學同學？」我得意地笑翻了，清志小我八歲。走出辦公室，清志吸吸鼻子說：「你們整個聯副水水的。」

水水的？我說：「我們皮膚是都不錯啦，不然我怎麼會是你大學同學，哈哈！」清志白了我一眼，然後細數我同事的星座，除了一兩個零星的金牛、牡羊之外，就他所知便有三個巨蟹座、兩個雙魚座，主任又是天蠍座，「全部是水象星座，一進到你們聯副就覺得水氣很重。」原來我們是水鄉澤國，可是，「你連他們都不認識，怎麼知道所有人的星座？他接著告訴我，楊澤是什麼座、張大春是什麼座、朱天文是什麼座、簡媜是什麼座、駱以軍是什麼座……我無法重複他的話寫下來，因為一過耳，全部忘光。「你記這些東西幹什麼？」「這不用記，自然就知道啊。」然後跟我細數他所知的編輯，水象星座占絕對多數，而「你們聯副是最誇張的。」結論是，水象星座的人最適合當編輯。

這我就很保留了，那時聯副的三隻螃蟹個性南轅北轍，尤其跟我同一天生日但大我一旬的小說家，曾在我生日大家傳寫給我的卡片上玩笑寫道：「跟妳比起來，我自己簡直是一隻瘋巨蟹。」我也覺得人家比我有個性得多。至於那時我們的兩位雙魚座男生，一個是稀有的櫻花鉤吻鮭，一個是龐大的座頭鯨，個性、外型實在也差很大。

清志搖搖頭，妳去調查看看，編輯的星座，第一名，絕對是「你們細心、第六感強烈的巨蟹座」。我對自己到底是不是個「細心」的人感到困惑，日常看稿子，不是被紙割傷就是被釘書針刺到。這一點清志也常領教，自從有一次吃飯時我碰倒了他的水杯，以後他一見到我站起來，便雙手護住他的杯子。把注意力集中在閱讀上頭，讓版面錯誤率減至最低，確是我念茲在茲的（可是，錯誤有時……還是會發生的……）。我更感興趣的是，編輯的「第六感」指的是什麼？

有個版面，每個月最後一周「周末書房」，主文是邀請青年小說家黃崇凱撰寫的「書市觀察」。聯副是預作版，美編催得緊，通常七、八天以前就得把版組好，讓她先設計，但是崇凱的專欄多半當周星期一才來，只好估個大約字數，請美編把那塊版面空下來；而「周末書房」主圖照例是朱德庸針對創作、出版、閱讀的諷刺漫畫。他一次給我好幾幅，讓我自行搭配。主文還沒影子，只能隨意挑選，某一周我選了一幅持槍的人，槍托上架著一本書，書本擋住了瞄準的準星；等到崇凱稿子一來我吃了一驚，那標題是：「戰爭與廢棄的生命」。我問同事：「你們有沒有覺得我是女巫？」九月十三日的版面（民國一〇五年），我發了一首余光中教授詩作〈三伏大暑〉，寫大暑之熱，篇末兩句：「最好是颱風帶來淋漓／賺來涼蓆上偶夢的秋季」，那是十多天前發的版，至刊出當日，莫蘭蒂颱風來襲，彷彿聯副的召喚！又如作家吳敏顯曾來一稿，文中提到一位老人家，稿子照例得排隊等待。刊出後吳大哥來信告訴我，文中那位老前輩已仙逝，那篇文章成了悼念文，而刊登當日，恰是他的頭七，這種巧合經常上演。

而有時美編把版組好了拿給我一看，才發覺版面上的標題，相互在對話。例如某日主文是高翊峰的小說〈泡沫戰爭〉，同日刊路寒袖詩〈58度的砲彈〉；某日刊武俠小說〈快刀〉，刊頭是向明詩〈真還不夠老〉，底下有篇小品文〈時間！你在開什麼玩笑？〉；吳鈞堯小說〈惡地形〉，同日有李敏勇的「墓誌銘風景」系列：〈文明的荒地綻開思想之花〉。

也有標題之間形成耐人尋味的反思。例如瓦歷斯・諾幹的散文〈周而復始〉，底下有篇最短篇標題作〈懸宕〉；有日刊蔣勳美學系列〈情既相逢，與君兩無相涉〉，右上角是沈眠的詩〈她的愁城我的困〉。這種編版過程中無心插柳的小趣味，俯拾即是，常令我覺得「版面」這個東西，自有它的磁場，好像主編之外，還有另一個主編。

我們還常遇上一種情況，某篇稿子，忽然因突發狀況被撤下來；這種突發情況包括重要文壇訊息、作家過世的悼念詩文，或是發生大地震、海嘯、氣爆，而有感時慨世悲憫之作傳來，都須立即張羅版面，撤稿換版。怪的是，那些曾被撤換的稿子，它的命運，會一而再、再而三地被撤下來，千辛萬苦才終於見報。這我不能舉例，作家肯定要問：為什麼是我？

又有另一種巧合，去夏（二〇一四）某日，聯副刊出方秋停散文〈婆婆與母親〉，同日，人間副刊登出她的〈酸果滋味另一章〉，有讀者在秋停臉書上留言，同一天攻上聯合和中時，「灰熊厲害！」大家要她去買樂透。更有一種巧合，某位女作家一稿先後投給了人間和聯副，也許前者未回覆或她沒收到，她以為不用，無意造成了一稿兩投。本來只要一方登了，另一邊棄之即可，世事就這樣巧，那稿子分別在兩位主編抽屜裡躺了兩個月，真就在同一天被刊出，毫無轉圜餘地。

紫微斗數裡的昌曲功名，可以精密地算到流月、流日，我不會算，可是……或許，主編之外，真有另一位主編……大神？

附錄

讀者回應

此文在臉書上貼出後，有讀者林慶鴻回應，「編巫」或許就是文學上的共時性吧。共時性（Synchronicity），又譯同時性，是心理學家榮格（Carl Gustav Jung）二十世紀二〇年代提出的理論，意指「有意義的巧合」，以解釋因果無法解釋的現象，比如夢境成真，或是俗話「說曹操，曹操就到」等現象。表面上看，「共時性」是同時發生，是一種偶然的巧合，但榮格認為，這些表面上無因果關係的事件之間有著非因果性、有意義的聯繫，這些聯繫常取決於人的主觀經驗。（資料來源：維基百科）

煙絲披里純

◎在砧板上快刀切磋，大鍋上翻攪潑撒，熏蒸迷霧裡念想青春繁華，我想，我可能是副刊史上第一個真正以正宗炊煙做為煙絲披里純的主編。

七月初（二〇一五），詩人瘂弦回台，也回到《聯合報》走走，雖然已不是當年的聯合報大樓了。瘂公和幾位報社前輩敘舊，我一旁作陪。他們聊起早年報業人物，許多名字我完全陌生，直到話題轉回副刊，立刻精神一振。

他們說起高陽。高陽好酒、稿子難催，前文提到過，聯副甚至為他設一張專屬寫字桌，每日來聯副續寫連載。但他人不定何時能到，稿子遲遲未付，底下排版工人急得跳腳，瘂公說：「有時高陽稿子寫出來，夾上一張鈔票，一起送下樓去，排版工人就不生氣了。」

啊，所謂名士派，就是這派頭吧？高陽一酒徒，高陽為什麼那麼好酒呢？酒是他的煙絲披里純嗎？

二十世紀初一些西方名詞的翻譯，直接從音，什麼德謨克拉西（democracy），什麼歐慕亞（humor），什麼黑漆板凳（husband）……今日仍保留且最常使用的，大概就是羅曼蒂克（romantic）吧，但最引我遐想的，莫過於「煙絲披里純」（inspiration，或譯煙士披里純）。梁啟超有〈煙士披里純〉一文，說「煙士披里純者，發於思想感情最高潮之一剎那頃」。讀唐德剛的《胡適雜憶》也左一句煙絲披里純，右一句煙絲披里純，他認為：「就青年文士來說，煙絲披里純最大的來源還是女人。」

煙絲披里純後來又譯靈感，沿用了下來。如果說靈感是神譯，那麼煙絲披里純就是妙譯，這字眼讓人見到煙絲裊裊。

有人的靈感是酒，有人的靈感是菸，有人的靈感是女人，有人菸酒女人齊來，民初的文人多如此，民初的副刊主編更誇張，比如高太痴、周忠鑾兩位《消閒報》主編。

《消閒報》是高太痴在《字林滬報》創設的版面，也是正式副刊的鼻祖。讀關於高太痴的資料，都說他「落魄以終」，真令人扼腕。高太痴原名高瑩，字、號、別名、筆名分別有：俊芬，悞軒，太痴、侶琴、悵花、漱芳齋主、雲水山人等等等，早年在報刊發表作品時，常署名「蘇州太痴生高悵花」，到了上海後，常用筆名是「上海高翀太痴氏」。他欣賞河北梆子演員小金翠（本名張玉林）、京劇演員余玉琴——兩位都是乾旦，便起了新名字「小窗金縷翠箋詞客」、「玉琴仙侶」，後來迷戀名妓張愛娥，又取名「愛與嫦娥分小影樓主」，那年代的人真不嫌累。據說他因為常出入青樓，言行不檢點，終於闖禍丟了工作。他的詩裡說：「好色沉冤獄，能詩釀禍胎。」卻不知是什麼冤獄，只知後來被報館辭退了，輾轉做過會計員、藥房祕書，晚年曾組「希社」，與報業舊友如蔡爾康等人詩酒唱和，但家貧潦倒，臨終家眷幾乎無以治喪。

讀周忠鑒生平更慘烈。這人筆名在我聽來就不吉，叫作「病鴛詞人」。他的書齋取名「蘊寶樓」，我以為總算比高太痴懂得理財，原來「寶」指的是他叫作「二寶」的小妾。來自青樓的二寶洗淨鉛華嫁予病鴛，願過清貧生活，真是佳話，無奈病鴛染上鴉片，入不敷出。某年除夕前他拿到薪水後去買了兩罈紹酒，決心戒毒。新年伊始，誓不再吸鴉片菸。但買酒做什麼？原來菸癮一發，他便喝酒，喝醉了去睡，醒來毒癮又犯，再灌酒，如此狂飲狂睡三天三夜，徹底戒了毒，不再抽鴉片。——可是，這不變成酒鬼嗎？真是瘦了芭蕉，紅了櫻桃。書上說，他寫稿時，書桌上必放一壺酒，賢淑的二寶非常憂心，可屢勸不聽。後來二寶肺病去世，病鴛詞人悲痛過度，藉酒澆愁，喝得更兇，終因酒精中毒英年早逝，得年僅四十餘歲。周忠鑒主編《消閒報》八年，在報界、文壇與高太痴齊名，也同樣身後淒涼。

飲酒文化在文壇是戒不掉的，我有幸常與前輩作家飲酒，也忝列「酒党」小公主爵位（本党主席曾永義院士堅持須以異體字「党」字為名，因為本党尚酒不尚黑！）略知一些作家酒量、酒品、酒膽、酒德，那些「醒醉還相笑，發言各不領」的場面，此處還是不表吧。所幸，我的前任、前前任主編都不是酒鬼。到了「我們」——五年級世代，作家相聚，飲酒已不是主流了。

菸呢？這世界可憐了吸菸人，聚菸如聚賭般人人喊打。我有幾位文友，每每吃飯，席間忽然不見，便知菸癮發作，吸菸去了。一次，一桌子朋友都跑光了，我到外頭去尋友，他們圍成一圈，吞雲吐霧，我指著那陣子揚言戒菸的逸君說：「你不是戒了嗎？跟人家圍在這裡幹嘛？」他訥訥回答我：「鍋邊素！」那是他們的煙絲披里純哪。

至於唐德剛說的「煙絲披里純最大的來源還是女人」，事關許多作家的繆思，不可說，不可說。

那麼我的煙絲披里純呢？也許咖啡，也許茶，也許……當我每天下班後奔回家做便當，在砧板上快刀切磋，大鍋上翻攪潑撒，熏蒸迷霧裡念想青春繁華，我想，我可能是副刊史上第一個真正以正宗炊煙做為煙絲披里純的主編。

林海音與琦君

◎一個時代有一個時代的難處。而在近年種種喧囂之中，我常常問自己，該如何自處？林海音的寬容，永遠是暮鼓晨鐘。

八月（二〇一五）參與一場雲門講座，和林懷民先生對談作家林海音。我的緊張難以言表，其實一個人演講不至於，緊張是因為坐我身邊的人啊，何況談的是林海音。林懷民先生的第一篇作品便是投稿聯副，主編是林海音，很快地被刊登出來，從此來到文學藝術的天地裡；他也常是何凡、林海音家客廳（被譽為半個文壇）的座上賓，儘管當時還是個少年；他說那時傻傻地坐著，連「告辭」都不會，常常就被留下來吃餃子了。我也很想吃那樣的餃子，可惜生不逢辰，我與林海音先生只有一面之緣，除了忝為聯副第二位「女性主編」之外，實在沒有什麼私房話可以拿出來分享。於是我搬出琦君。

林懷民的文學啟蒙是《城南舊事》，又誤打誤撞第一篇稿子投到了主編林海音手中，是世間奇妙的善因緣。我的文學啟蒙是琦君，在她的晚年，我被三民書局找去為她寫傳記，這是屬於我的美麗緣分。

我只見過林海音一面，那是民國七十八年，在《中國時報》文化版主跑國樂、國劇，也兼跑出版。初進報社時，前輩莫昭平帶我去見世面，說有個文人聚會，妳去認識一下，主人是林海音。莫姊提醒我，當面要稱「林先生」。明明是女生，為什麼要稱先生？我固然是中文系畢業，知道「先生」是對士人、有學問者的敬稱，心中不免想著這麼稱呼不彆扭嗎？見了面便了悟，一點也不彆扭。我對林先生的第一印象便是「氣派」！演講後林懷民先生告訴我，他喜歡我用「氣派」二字形容林海音。

琦君是截然不同的典型，她溫婉，親切，甚而有些羞怯。我曾問她最要好的朋友是誰，她第一個便說林海音。而且她強調，林海音是強悍的「諍友」。她說：「林海音是強權的，什麼都得聽她的！但是後來妳會發現，她替妳做的決定總是對的。她是一個內心熱忱的不得了，但是外表看起來冷冷的人。有時我困難的事情寧可不要跟她講，一告訴她，她馬上就當機立斷，告訴妳該怎麼處理怎麼做。我不免抗拒，

琦君與我。(右起為作者宇文正、琦君、作家林黛嫚)

說我幹嘛要聽妳的呀！可是困難真的解決不了，還是只有問她。明曉得要挨罵的，『妳這下想到我了吧？』罵完了，她還是幫妳解決。」對談會裡，我引述這段琦君的話，主持人謝旺霖打斷我：「妳身旁那一位『林先生』也是這種個性！」聽眾哄然，我身邊的「林先生」不予置評。

琦君會模仿林海音鏗鏘的京片子說一些生活小事。有一回林海音在電話裡關切小楠（琦君的公子）的情況，琦君抱怨：「不大好喲，抄書習字儘拿丙。」林海音答：「丙就丙嘛！男孩子本來就是個丙嘛！」「不只抄書呢，他的親屬關係老是搞不清楚，不知道誰該喊姑媽，誰該喊姨媽。」林海音說：「要他記這些幹嘛？我女兒都九歲了還是六親不認呢！」

直爽、明快的林海音，是琦君生命裡的貴人。她真心欣賞琦君的才華，不僅她編的聯副向她邀稿，女作家劉枋主編《文壇》月刊，請林海音推薦作家，她推薦琦君；世界新專校長成舍我先生向林海音打聽，要找位優秀的國文教師，她也推薦琦君。在那純樸的年代，互相欣賞的女作家們彼此引介。她們都寫作，文人不相輕。

琦君說最想念何凡、林海音家的茶聚。他們夫婦好客又健談，每當一群朋友歡聚，酒酣意足之餘，何凡就會捧出他的寶貝紅泥小壺、小杯來表演他的「茶道」。琦君胃不好，並且「怕吃苦」，她是跟周夢蝶一樣，喝咖啡要放很多糖的人，她認為茶是「苦汁」，她寧可喝紅茶，因為紅茶可以加糖。面對何凡細心泡出來的濃茶，琦君表情愁苦，何凡嘲笑，「怎麼學中國文學的人，這麼不懂中國文化！」還跟她說：「放心，茶可以治百病。」琦君皺著眉頭嚥下苦汁，苦液到舌根，化為一縷芬芳，遍布齒頰之間，那就是她和林海音的友誼。

我在琦君淡水房舍的小客廳裡聽得神往，其實琦君當時已嚴重失憶，問她許多事記不明白，時序倒錯，但說起林海音，她的吳儂軟語，便捲舌脆亮了起來。

走出雲門劇場，我想著，做為寫作者，這一生能有這樣的知己，哪怕只有一兩位，到老猶然深深懷念，足夠了。

林海音是台灣副刊史上地位超然的主編。在那政治戒嚴的年代，她掌舵聯副（民國四十二年十一月一日—五十二年四月二十四日），大力拓展聯副的作家群。在反共、大時代敘述為主流的文壇，她網羅琦君、張秀亞、孟瑤、畢璞大批女作家撰稿，生活、親情、婚姻等等瑣細題材一概海涵；她發掘黃春明、鍾理和、鍾肇政、楊逵等等台籍作家，無畏政治壓力。我問林懷民老師，在那樣的年代裡，原籍台灣、長於北京的特殊背景，以及女性的柔慈襟懷，是老天刻意給她的使命吧？林老師深深點頭。林海音在民國五十二年四月二十四日因刊登被認為影射元首的詩作〈故事〉遭到府方「關切」，為避免給報社帶來麻煩，也保護自己，「當機立斷」辭去主編職務，離開聯副，之後創辦純文學出版社和《純文學雜誌》。

旺霖問我，今日主編聯副，跟林海音時代有何不同？我說，最大的不同，我現在登什麼，大概都不必擔心被關起來吧。其實，一個時代有一個時代的難處。而在近年種種喧囂之中，我常常問自己，該如何自處？林海音的寬容，永遠是暮鼓晨鐘。

憶陳之藩先生

◎信裡提到楊振寧教授給他的短箋，應考慮為公眾人物的信；我想，陳之藩先生給我的傳真亦然，是該公開、記錄下來的。

整理辦公室抽屜，發覺一個檔案夾裡放著幾頁傳真紙，是今年（二〇一二）二月過世的陳之藩先生生前給我的傳真信。可惜因為傳真紙不耐久放，有些字跡已經模糊褪逝了。有趣的是，這些信，幾乎每一封的開頭都在我的筆名姓氏上打轉，後面才匆匆述及正事。我想，我若不把這些殘存的字跡記錄下來，再不久，可能全部都將佚失。

我第一次傳真給陳之藩先生，是在二〇〇六年一月分，那時《聯合報》有個「名人相對論」專欄，我協助記者邀約陳先生與夫人童元方女士對談。他們夫婦長居香港，我怕老人家電話裡聽不明白，以傳真的方式，可把來龍去脈說清楚。於是收到了第一封陳先生的回函：

聯合報宇

文正先生，

謝謝二〇〇六年一月六日的信。您的名字是宇文——正呢？還是宇——文正呢？我很好奇。今人還有姓複姓的嗎？我有個朋友，他就姓諸，原來他家祖先就是諸葛。因為 Harvard Univ. 那位 S. Owen 就叫宇文所安，你如果給他譯成歐文，他還立時要你更正。外國人也攪入，更亂了。

……

祝

好

之藩　二〇〇六年一月七日　上午十一時

信的第二段談的是同意「名人相對論」訪問一事的細節，以及他提出的疑問。

我回了一信，說宇文正是筆名，從本名姓、名顛倒過來諧音而成，並詳細答覆邀訪之事，這次我的署名寫了本名「瑜雯」。很快地便又收到老人家的回信，這封信裡從我的筆名，他談及了曹禺、喬志高及魯迅。

瑜雯，

謝謝你一月九日的信。

其實，你說筆名為宇文正，這種起名法是有來歷的。曹禺的戲《雷雨》後有一個叫《日出》，裡面的一個角色叫「中國人稱我張喬治，外國人稱我喬治張」。《日出》一戲編得很辛苦，但不會有人再演了，因為曹禺所寫的是一時「口號」的嚷嚷，並非誠心之作，感動不了自己如何感動人家！等於白寫一場，自生自滅。遠不如《雷雨》（他廿一歲之作!!）。

現在的人，有位喬志高（按：喬志高先生為知名翻譯家、散文家，一九一二─二〇〇八），外國名字叫 George Kao，中國名字是次序不顛倒的譯音。其起名法，也與妳的差不多。不過，妳這名字比原名好看。有一個毛病，就是妳上網時，比如 Google 罷，妳要用多種查法，才能知道有多少人提及妳的名字。這個筆名雖然比原名簡單，也好看，更易寫。

用筆名的大家是「魯迅」，他有幾十個筆名罷，也許有一百個了。但他的筆法太犀利，一看就知道是他魯迅寫的。而魯迅也是筆名。此人怪極，但也是他的環境太壞，他總以為有多少敵人與他過不去。因而有神經病罷。在內地，也如毛澤東一樣，沒有人敢批評他。我卻罵此人罵了幾十年了。

以上，是筆名引起的閒話。

妳所問的，答覆如下……

（以下仍溝通「名人相對論」採訪事）

匆覆，祝

好

陳之藩　二〇〇六年一月十日

在這之後，有一封信，幾乎不談正事了，全信談我的「宇文」二字，最可惜的是，那封信當時便因機器油墨不足，墨色極淡，加以字跡較草，不易閱讀，而時日一久，幾乎看不見了。現想起，真後悔當時沒有打字保存。我只記得他不知從何處考證的，說「宇文」二字，在鮮卑語裡，原有「黑色」的意思，鮮卑族來自遼東黑水一帶（今吉林省），宇文這個姓就是從黑水的黑而來。那是我從來不曾知道的知識，我對黑色不大有好感，而喜歡明亮的顏色，乍聽「宇文」有黑色之意，感覺跟自己不搭，但同一位懂命理的朋友談起，她卻拍案說好，說我命裡缺水，本來就該多穿黑色服飾，偏我不愛黑，沒想這姓氏幫我補了運氣了。真不知從何說起。我感動的是，陳之藩先生還真是道地的「科學」學者呀，他對什麼都要追根究柢，甚至對一位不曾謀面、「傳真」交往的晚輩，也要把她的筆名弄清楚。

我保留的下一封信，已是二〇〇七年的了。也許一年多未聯繫，感覺生疏了，陳先生起信的稱謂是「鄭小姐」：

鄭小姐，

聽過妳說名字的故事，這猜的姓，不知猜對否？

上月接義芝兄函，藉知聯副由閣下接任主編，謹此致賀。在一切均甚艱難下，以平面媒體對抗網上大潮，辛苦是一定的了。希望咬牙努力，欣然迎戰。

茲寄上小文一篇，此文在香港剛發表過，在台灣也該發表一下，因為〈雕不出來〉是在台灣發表過的！這篇叫做〈雕不出來．後記〉是楊振寧教授出的題目，我是按題作文。

楊教授是公眾大人物，他給我們的短箋，我想應考慮為公眾人物的信。

匆此，祝

撰安

陳之藩啟　二〇〇七年十月八日

原來我從頭到尾沒告訴他老人家我到底姓什麼，當然他猜對了。那年七月我接掌聯副，承他勉勵，「咬牙努力，欣然迎戰」。而他此封信裡提到楊振寧教授給他的短箋，應考慮為公眾人物的信；我想，陳之藩先生給我的傳真亦然，是該公開、記錄下來的。

在這之後幾封往返的傳真，都是討論來稿、刊登之事。那一兩年裡，他陸續在聯副發表了〈取傷廉、與傷惠、死傷勇〉、〈從地是平的到世界是平的〉、〈盾與劍〉及他在這封信裡說到的〈雕不出來・後記〉。筆力猶健，健康情況應也不惡。而最後一封信，是二〇〇八年一月底，開頭又拿我的筆名開玩笑，後面則談到香港對舊文化的態度：

文正：

因為與曾國藩先生的名字巧合，我的感覺好像給曾文正公修書似的，不敢不鄭重其事了。一笑。……

據我看，台灣的讀者科學常識高，而香港讀者國學常識高。香港會作舊詩的人比比皆是，台灣從前尚有，現在找會作舊詩的人，找得到嗎？內地亦然。

但台灣的讀者，對藝術，音樂及科學常識均甚高。一部分的原因可能是曾崇洋那些年的影響。而香港是「禮失求諸野」，不只是作舊詩、舞龍，結婚時還有穿龍鳳衣的呢。

匆此祝

好

之藩　二〇〇八年一月二十九日

我不記得自己如何回信了。其後不再收到老人家的信，託友人打聽，得知陳先生身體不適，直到今年二月辭世。

回頭看這些傳真，不禁莞爾，陳之藩先生對我的筆名還真是饒富興致。我因而上網試著查考「宇文」一姓的由來，綜合維基、百度的說法，宇文姓起源於遼東，為南單于之後。正史中最早記載「宇文部」的起源是《周書》，說北方鮮卑族有宇文氏部落，自稱是炎帝神農氏的後裔，從祖先葛烏菟起世襲為鮮卑東部大人（十二部落首領）。從這個說法，宇文部是神農後裔，祖先不是鮮卑人了。還說葛烏菟的後代有個叫普回的，狩獵時拾得三個玉璽，上有「皇帝璽」的字樣，認為是上天授與。當時該族的習俗稱天為「宇」，稱君為「文」，所以自稱宇文國，並以宇文為其姓氏。不過，後世史家多半認為這是附會之說，一般比較相信《後漢書》、《魏書》的說法，認為宇文部應是西元一世紀時北匈奴被東漢擊走西遷後，留在故地漠北的部眾東遷與鮮卑人混居以後被同化的族群。因此可說，宇文部是匈奴與鮮卑族的混血。

我沒有機會跟陳之藩先生討論這些說法了，更沒有機會告訴他我聽到關於「宇文」的一個趣事：有位中學數學老師姓宇文。一天有同學叫他「宇老師」（我也常被這麼叫），老師很尷尬地說：「同學，我姓宇文，叫我宇文老師。」這位同學愣了半晌，說：「但你是數學老師啊！」

我亦想起楊牧先生曾在一次聚會中聽人喊我「文正」，不以為然說道：「要就稱宇文正，或者稱呼本名，不要叫文正，文正是人過世以後的諡號啊！」啊，若真有此諡號，也不枉此生啊。這個筆名真有用，即使面對第一次見面的人，還可因為宇文姓氏少見而討論一番，甚至接受對方對我「族裔」、來歷的考證，免除無話可說的尷尬。陳之藩先生最初與我通信，也是藉此打開話匣子的吧。

（本文原收入《那些人住在我心中》，二〇一四年，有鹿文化出版）

抓bug

◎Bug本是小蟲子，我立刻聯想到我的工作，這一生有大半時間在面對版面上的小蟲子——那些標點符號。

有天先生晚歸，問他忙什麼，他說在「抓bug」，他從事電腦研發。Bug本是小蟲子，我立刻聯想到我的工作，這一生有大半時間在面對版面上的小蟲子——那些標點符號。編輯看版，除了改錯字，修改標點更是一項工程。不少作者寫得一手流利的文章，甚而寫了一輩子，卻不會使用標點符號。

大部分人最不會使用的是分號（；）。分號是在複雜的複句裡才使用，一個句子裡有兩個以上的子句，這些子句是對等的關係，這時候使用分號隔開。比如林文月〈潮州魚翅〉裡說到高湯的主要材料：「雞，一定要用土雞，唯不必太大；豬腳，可用前蹄，無須肉多；至於火腿，可取橫切的一整段。」這是在一個句子裡分別談到雞、豬腳、火腿三種材料，使用分號隔開，便不會夾纏不清。

頓號（、）是並列詞語或單字之間停頓的符號，比如逯耀東〈出門訪古早〉，說到桂花蟹肉，「將梭子蟹拆其膏肉，與筍、荸薺、碎肉及蛋攪拌成糊狀，入油鍋翻炒，此菜關鍵在火候，蛋鬆而肉不碎。」怎麼隨手舉例，都是談食物？我也太貪吃了。頓號的使用本來不難，不過也有作家不喜愛頓號，例如詩人楊牧便不用頓號。英文裡也沒有頓號，就用逗號（，）表達停頓。作家堅持，我們也尊重，可是為什麼呢？追究原因，他說覺得頓號太醜了。我啞然失笑，心想逗號是小蝌蚪固然可愛，頓號也是漂亮的小水滴呀，果然審美是見仁見智的事。

有種作家熱愛驚嘆號（！），幾乎每個句子都以驚嘆號做結，還有人一個驚嘆號嫌不夠，文末打上一大串「！！！！！！」，這種文章讀多了會心臟病發。榮獲第一屆「聯合報文學大獎」的散文家陳列，人們談起他的文風，總說節制。陳列笑說，把所有驚嘆號改為句號，就很節制了。

有種作家喜歡刪節號（……）。刪節號偶一為之，可表達言有未盡之意。比如張秀亞喜用刪節號。她的〈小花與茶〉一文裡就用了不少，「那眼神，那片夕陽，使我驚悸，也使我惶惑，我想向他說些話，但我不知如何啟齒，我想再為他半空的杯子傾注些茶，但我的心同我的手一同在顫抖……」句末留下一串刪節號，讓人感覺心真的在顫抖。但有作家通篇刪節號，每一段的結束都是刪節號，無盡無盡綿延，究竟要綿延到哪裡去喲？

最常需要修改的情況是「一逗到底」。一大段描述，逗點，逗點，逗點……主詞早已不知換過幾個，猶不見句號降臨，要一整段結束才終於肯下句點，好像句點是非常珍貴的東西，要省著花用。

其實我自己從前也有這毛病，做了幾年記者，自問對文字頗下工夫，卻不自覺一逗到底的毛病，也從未有人提醒過我。誰幫我改掉這個壞習慣的呢？陳映真先生。

剛來聯副的第一年，常受命去採訪作家。訪問陳映真先生那次，他以為是第一次見到我，其實是第二次。我大學剛畢業那年曾到《人間》雜誌求職，未被錄取。我還是像年輕時見他一樣的緊張；他也還是像當年一樣的溫暖。訪談結束時，他問起我祖籍哪裡，我說福建林森。「回去看過嗎？」我搖頭，說爸爸回去過了，那時我工作不便沒有陪他去。他責以「應該回去看看！」說了人都應該尋根的這一類的話，好像還跟我說了他是第幾代的移民之類。又問起我的寫作，叮囑我寄小說給他。

我始終沒寄，不是忘了，我一直放在心上。是因為覺得不夠好，老想著，有一天寫了滿意的作品一定馬上寄給他過目，直到他忽然病倒，我非常遺憾。因為缺乏自信，我失去了接受陳先生指導的機會。

但我仍然受教於他。我寫好的訪問稿親自送去給他，一兩天後，他快遞寄回給我，電話中讚美說寫得很好。我抽出來看，全文一字未改，但是——把一堆的逗號改成了句號。我細讀一遍，汗流遍體。從此改掉了一逗到底的壞習慣。

老

◎我閱讀他們的作品，從中獲益成長，稱老師並不為過，也不會有人因為被叫老師而翻臉的。「老」字放在師上，最讓人安心。

讀薛仁明〈一個台灣鄉下人與中國文化〉（二〇一五年十月一日聯副），說道台灣因資本主義荼毒，「大家千驚萬恐，就只驚恐『老』字落到頭上」，不覺大笑。他不曉得，就在去年我險被法院傳喚，一切只因為「老」！那是我這輩子除了偶爾老公超車，家裡收到過幾張罰單，第一次跟「法院」發生關係。這年頭做主編，登藍的、登綠的、登什麼政治主張的文章都不會被法院關切，但是提到「老」卻可能惹禍上身。

那是一篇年輕作家Y的文章，文中主角到某地方圖書館找資料，「小小的圖書館裡擺了兩台老電腦，以及兩名阿嬤級的女管理員」。文中有確切地點，但沒有提人名。於是有位該地圖書館的管理員自動對號入座來信抗議，說她未滿五十，且沒結婚，竟被指為「阿嬤」，要告作者妨害名譽以及性騷擾云云。此關「性騷擾」？我不得其解，但是「妨害名譽」……我想想還是把信轉給作者，萬一人家真告了，總要有點心理準備。

後來的發展，就我所知，Y自我檢討，說以後會更注重寫作倫理的問題，甚至請動了他自己的「阿嬤」和地方代表陪他一起去向那位管理員致歉，但對方怒火難消仍決意提告——她真的告了。該「地方法院檢察署」發函到本報，要求報社提供「副刊編輯之姓名、年籍資料」及該作者的聯絡方式。本報設有法務部門，協助我處理此事，沒讓我這不諳法律的關係人為此奔波，我很感謝。Y卻因為是明確的「被告」無法免除這趟奔走，幸而後來法院以不起訴了結。世人濫訟至此，實在教我瞠目結舌，允為本人任職副刊工作以來，所遇最「扯」的一件事。

後來遇見Y，我不免要取笑他，說下回如果是喊我阿嬤主編，退你稿子！管理員的情緒我不是不能理解，我是被「資本主義荼毒」不淺的女人，這件事證明了不只我們天龍國的女人如此，偏遠地區的女性也未能倖免呢。

「不許人間見白頭」不是這當代人才有的感慨。隨手翻本小說，白先勇〈遊園驚夢〉裡錢夫人、竇夫人（桂枝香）久別重逢，錢夫人只眼角掃了竇夫人兩下，心下立刻掂量起來：「桂枝香果然還沒有老。」還快速心算出她總該有「四十大幾了吧」；張愛玲小說裡的每一個女人，都在跟年紀抗戰！我每天看版，從聯副、繽紛看到家副，題材從畏老到服老——現在改說「樂齡」，它永遠是人必須面對，便也就是文學永需處理的課題吧。

而我，雖然渴望留春住，做了主編，卻才感受到老有老之用。其實我接任主編也年過四十了，但在一些長輩眼裡，仍是小孩，以往被恭維年輕常沾沾自喜，但聽到傳來某位資深作家質疑：「聯副為什麼會由一個小女孩來接主編？」那一刻，我真的希望自己像阿嬤。

過去為了陪伴孩子，除了上班時間，我深居簡出，接下重任後，覺得自己好像應該參與一些作家聯誼，某次有寫作協會邀約，便興沖沖參加了。那天活動約在中正紀念堂廣場集合搭遊覽車，一大清早！我到達時，看見車子正要開走，馬上拔足狂奔。上車後，大家告訴我，早有人遠遠看到妳跑過來，說：「等一下，還有人喔！」眾人望了望卻說：「看她跑起來身手那麼矯健，絕對不會是我們的人啦！」在笑聲中，我張望了全車，天，我果然是其中最年輕的。我也很快地發現，這種活動還是少參加為妙。資深作家中，寶刀未老者大有人在，但不諱言，也有不少資深作家，他／她們美好的仗，已經打過。我臉皮薄，想到自己退人家稿子，比對方更尷尬。這種時候，「老賣年糕」真的比較好。我也才明白，為什麼早年報館裡許多前輩，根本沒多大年紀，早早就被封「公」、稱「老」，「老」字挾帶某種權威感，不容質疑，辦事方便多了。

而後浪不斷湧上來，年輕作家對我的稱呼，從一開始的「宇文（瑜雯）姊」，這是我最習慣的，終於有一天，我收到了給「阿姨」的投稿信。他父親亦是作家，大我近二十歲，我怎麼是他阿姨？坦白說，我覺得被叫阿嬤還比阿姨有趣，阿姨好像他們家傭人？同事們笑翻了，恰好當時亦任職報社的年輕作家神小風經過，同事逮住她立即問卷調查，問她都怎麼稱呼我。神小風一頭霧水：「叫主任啊。」主任是職稱，也很多人稱我「宇主編」、「鄭編輯」，還有人幫我升級「總編」的！「鄭編輯」的語感最奇特，我看韓劇，他們習慣在姓氏之後加上對方的職業，例如「趙記者」、「金編劇」、「韓作家」，但中文裡除了少數職業（如醫師）我們不太這麼使用。

大家說：「以前啊，妳沒進報社前怎麼叫？」神小風答：「叫老師啊。」咦，眾人恍然大悟：「對嘛，就叫老師嘛，叫什麼阿姨！」我自己對前輩作家，熟悉的，有的稱姊、稱兄，不熟的，往往就是喊老師；甚至對平輩，有些場合，我也稱對方老師，我閱讀他們的作品，從中獲益成長，稱老師並不為過，也不會有人因為被叫老師而翻臉的。「老」字放在師上，最讓人安心。

話說回來，前述那篇來稿，文筆不弱，我發誓我用了，絕沒有因為被稱「阿姨」心懷不滿挾怨退稿。

台下風景

◎編輯，猶如劇場裡的後台工作，台上看到的是一篇篇經過梳理、校對、配上插畫、攝影，編排後的作品，台下看到的，有時不僅是作品，更是人。

宴席上，有人談到她的朋友，當年他喪妻之後非常沮喪，出國散心，那趟旅行遇到的導遊就是他後來的妻子……我忍不住打斷：「本來聽到『他喪妻之後非常沮喪』覺得滿感動的，沒想到下一句是：『遇到的導遊就是他後來的妻子』……。」朋友笑說：「那不是重點啦！」唉，我想起，做編輯，就是常常張望一些不是重點的事情啊。

我剛到副刊組時，編的是在北美發行的《世界日報》副刊。有位作家令我印象深刻，他喪妻後陸續寫來幾篇懷念妻子的深情散文，頗令人動容，「難得這年頭還有這樣的有心人。」我的主編新彬姊說。然而有一天，我拆信讀稿大驚：「新彬姊，這個人寫他再婚了！」「什麼？不是不久前還在思念髮妻嗎？」把它退了！把它退了！我倆激動地說。

編輯之間，不免偷偷議論對作家的觀感，就像我們離開餐廳之後，也可能被服務人員議論是否為奧客吧。議論什麼呢？他這篇寫得好不好？進步了？退步了？他的生活真令人羨慕啊。他愈來愈憤世嫉俗了。他乾脆去從政吧。這個人將來該不會出家去吧？……諸如此類。

有時看到作家交稿信裡附上一句「謝謝妳的耐心」，這書評整整拖了四個月，新書已成舊書，我向同事眨眨眼：「其實我們已經沒有耐心。」

編輯，猶如劇場裡的後台工作，台上看到的是一篇篇經過梳理、校對、配上插畫、攝影，編排後的作品，台下看到的，有時不僅是作品，更是人。

有位作家非常同情我們工作的辛勞，堅持他的稿子刊出前，要我知會他，他要親自到報社來校對。我說我們會很仔細校對的，「不，你們真的太辛苦了，我的稿子自己校對，是我唯一能幫忙的事。」他真的跑來了，我不得不把版面拿到會客區讓他看看。他並沒有改出錯字，我們怎可能真拿未校對的稿子給他。因為沒有錯字，感覺對方亦有些尷尬，兩人非常禮貌地來回致意他才終於離開，我忽然覺得自己是不是應該要留一兩個錯字給他，才是做人的道理？

要說錯字，坦白說，有時四隻、六隻眼睛看過的稿子，最後竟仍有錯字的情形，亦時而有之。那是令人懊惱之事，這種時候，很快會被讀者嚴厲指正，開場白常是：「現在編輯的水準愈來愈低了……。」我從前看報，也很多錯字啊，明明是現在作者錯字更多，改不勝改，但怎能辯解，只能虛心接受。如同世間大部分的工作，讀者只會看到他發現的那一個錯字，不會知道你已改掉的九十九個錯誤。

其實做編輯的或多或少都有校對的職業病，我們不會對著作者的稿子痛罵錯字連篇（早就習慣了），倒是從中獲得不少樂趣。比如這年頭人們動輒稱「大師」，我讀某作家的文章，提到一位出家人，時而稱「大師」，時而稱「法師」，正考慮是否該幫他統一一下稱呼，他寫到後來卻自己統一，成了「大法師」，令人聳然一驚。又有來參加某年宗教文學獎的稿件，信封上註明「應懲第十二屆宗教文學獎」，我忍不住隱去住址拍照放上臉書，引起網友熱議：「看來在作家眼裡，宗教文學獎應被懲罰！」有人笑說，這位作者「參賽，還多一分心意，要給正面鼓勵！」有人說深具禪意，非常的「宗教文學」，有人「對這位參賽者滿滿的心意感到無上同情」，有人非常具有同理心，「他太在乎緊張了，所以盡量寫筆畫多一點的字……」更有人建議應該優先錄取，或頒給「創意獎」。

作者「滿滿的心意」常表現在信封上，當過年時，我們會收到一些以「紅包」寄出的稿件。以往編世副時，還常收到有位作者不停寄來百萬美元的鉅額支票。我在美國生活過，知道人人都有本自己的支票簿，這應該是做廢的支票本開出的吧，要填多少，隨他高興。

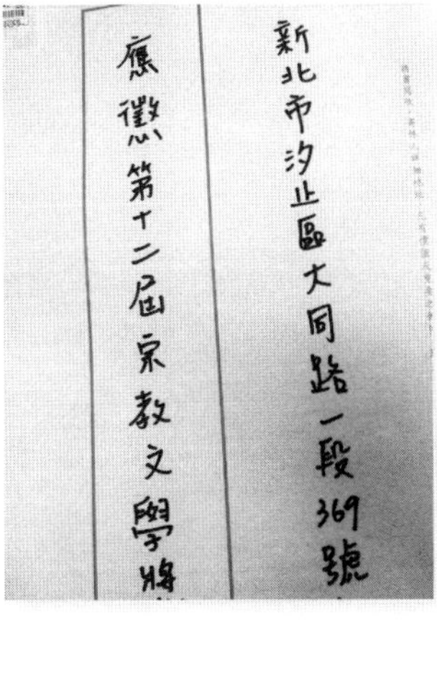

舉辦文學獎，見到更多的台下風景。有一年我負責「聯合報文學獎」小說類的初複審工作。把稿件快遞給搭配同組初審的作家，在預定送達時間後，我們幾乎每小時就通一次電話，結果到晚上他仍沒有收到。打去快遞公司問，說大概因為當天件數太多，工作人員下班回家了，明天再送。有這種快遞？我急了，跟作家說如

果弄丟了怎麼辦？我的口氣可能已經快哭了，對方不慌不忙安慰我：「瑜雯不要擔心，不會丟的，好好去休息，明天我就會收到了。」聲音沉著溫暖，那人是蔡逸君。

有一年，也是文學獎初審，我把負責的稿子先讀完了送交快遞。記得我包得整整齊齊送去，十天後，牛皮紙袋破破爛爛回來，一看就是被很粗暴地撕扯開封，像是在眾目睽睽下拆開驚喜禮物的遺跡？我心下嘀咕：這人是有躁鬱症喔？喔，那人是駱以軍。

有一年，還是文學獎初審。我跟同組評審約好一早通電話討論。那通電話裡，他不停地逗我笑，有的我挑的作品，他沒挑，他不直接說作品不好、對話做作，他就學裡邊的對話演給我聽，我在電話這頭笑岔了氣，好啦好啦，聽你。可是真見面時，他又一本正經。這人是袁哲生。

這些零零碎碎的瑣事，常使我想起。我喜歡編輯這工作，也許最喜歡、最懷念的，就是這些台下風景吧。

這玩意兒我家很多！

◎七年來，我「逛」了數十位作家的書房，這成為我與作家另一形式的交往，讓我對作家有不同角度的觀察，比坐在咖啡館裡聊天也許更深刻。

請同事從我的SONY錄音筆取出檔案，準備做下月（二〇一七年一—二月）駐版作家亮軒老師的slide show，同事打開包包說，沒有傳輸線！這支錄音筆、整套的傳輸線、耳機一向都收在這個手作的花布小包裡，平常不會動它的，怎麼會少了傳輸線？很簡易地推理：在取出錄音筆試音時，不小心掉出來了，也就是說，它應該在亮軒老師家裡。

我馬上寫E-mail給亮軒老師，這兩天一定得找回來，老師後天就要出國去了。當晚就得到了亮軒老師的回音：「有的，在我這裡，怎麼給妳呢？」我大喜過望，第二天一早馬上請快遞去取件。快遞送來了，是一個牛皮紙提袋，我著急地扯開，拉出來，是一條HTC的手機充電線，還連著一個很大的轉換插頭。同事們哈哈大笑，年輕人只瞄一眼就知道那線不對！

趕緊打電話報告亮軒老師。他老神在在：「不是那一條呀？沒關係，妳拿著用吧。」可是……這不能用啊。「喔，不能接妳的錄音機呀？」唉，秦始皇書同文、車同軌是有道理的！不能。我告訴老師：「沒關係，我再去店裡配一條好了（希望還有生產），這條充電線，我再請快遞送還給您。」「妳就留著吧，這玩意兒我家很多！每條都來路可疑的。」我笑出來，難不成每個人到亮軒老師家，都會留下一條線？

後來我的傳輸線還是找到了，是亮軒老師家的客人在沙發椅背夾縫裡幫他拉出來的。但我丟三落四的德性，就這麼留在亮軒老師家的沙發縫隙裡了。

聯副每兩個月會邀請一位「駐版作家」，發表一篇新作，「駐版」的意思就是這個月裡駐守聯副，當然不是幫我們編版，而是這段期間接受讀者的公開提問；一個月後，在版面刊出一整版作家的「答客問」。這期間，我會陪同攝影記者去為作家拍照，我則為作家錄音，談寫作、生活，或是給年輕創作者一段勉勵的話。這段錄音將交由新媒體中心的同事協助，搭配照片做成一支精緻的slide show，在聯副刊出答客問時，同步放上聯副部落格供讀者點閱。

從二〇一〇年三月邀請駱以軍駐版開始，至今，亮軒老師是第四十二位駐版作家了。邀請的都是不僅已累積文學成就、目前仍創作力旺盛，且願意花費心思為各路讀者、粉絲回答文學問題、各式疑難雜症，甚至人生困惑的作家。為了讓攝影同事充分了解需求，幾乎每一位駐版作家我都親自陪同攝影，也順便錄音。七年來，我「逛」了數十位作家的書房，這成為我與作家另一形式的交往，讓我對作家有不同角度的觀察，比坐在咖啡館裡聊天也許更深刻。

駱以軍是第一位駐版，帶著實驗性質，我不知道讀者反應如何？會不會有人來問問題？實驗結果讓我們非常鼓舞。約攝影日期時，我問以軍：「兩個禮拜，夠不夠你整理書房？」（我用膝蓋想也覺得他的書房一定很恐怖吧？）他回答：「整理房子夠，但是減肥不夠！」在他書房，可把人淹沒的書堆是不難想像的，可是為什麼書桌上有那麼多維他命、補藥、瓶瓶罐罐？「都是我媽給我的啦。」他說屋頂上他種了些盆栽也可以去拍。我沒想到他這樣風雅，喜孜孜地上了頂樓，馬上笑倒了，是有一些盆子和有些怒長、有些萎頓的「雜草」，拍吧！這才是駱氏風格啊。

黃錦樹倒真有個園子，樹種繁雜，還養了雞。讓我明白，勞動，對於高度心智活動者，是必要的平衡。鍾怡雯的花園，才叫作花園，她豢養的美麗宇宙（注：鍾怡雯著有散文集《我和我豢養的宇宙》），扶疏綠影中，有貓守候。周芬伶老師的花園在東海校園裡，陽光充足，花色格外豔麗。甘耀明、黃碧端老師則喜歡養蕨類植物。

我注意到蔣勳老師畫室洗手間裡是沒有鏡子的，他說是啊，刻意不放，不要老看鏡子。同樣坐落八里地區，鍾文音的家，則完全是吉普賽女郎風格，堆滿細瑣小物，處處是她的流浪痕跡。

作家們各有收藏。藏書不必多說。阿盛老師收藏錢幣，他家各處的「擺飾」也別致，火龍果、絲瓜、茄子、玉米，擺在案頭，掛在梁間，對他而言，蔬果就是最自然最美麗的裝飾品。黃春明老師一屋子童趣，我拿起那些玩偶：「是您的孫子的嗎？」「不是，這些娃娃都是我的！有的我買的，有的是人家知道我喜歡，送我的。」鴻鴻收藏的老唱機和唱片，讓我很想賴著不走；拍照時我在旁邊照顧他的baby，抱小孩是我的強項。朱天心大概收藏的是貓吧，客廳裡有貓，小院子裡有貓，外面還有一些貓探頭探腦走來走去。我陪她沿途去餵街貓，聽她訴說每一隻貓的名字和故事……

還有些作家努力餵我吃東西。張曼娟在她的小學堂教室裡，為我準備了一桌子精緻茶食。黃碧端老師剝好了當令的文旦，泡了好茶。焦桐也拿出好茶，請我慢慢品嘗，攝影一收工，「走，帶妳去吃好東西！」廖玉蕙知我同是咖啡癮者，我一進門她先去煮咖啡，飯廳裡居然好幾個咖啡機，看得出中毒多深。

有些作家不讓我上門（注重隱私、怕打擾家人、家裡太亂，各種理由都有），為了攝影畫面，我陪舒哥（舒國治）逛市場，陪平路重遊她的母校台大，陪王文華去大安公園散步，陪胡晴舫逛植物園，好像郊遊。作家們都喜歡散步，簡媜也說：我們去散步吧。走去政大旁，她寫《誰在銀閃閃的地方，等你》時，一次次閒步沉思，那芒草搖曳的小溪堤岸。

也邀請過兩位跨領域的畫家駐版，幾米和朱德庸。攝影師請幾米當場畫畫，捕捉他作畫的姿態。他拿起鉛筆，隨手畫了一隻貓，他說：「貓最好畫了，因為牠們本來就長得亂七八糟的。」朱德庸不急著拍照，他先去泡茶，邊跟我說：「我這個茶呀，每次泡，十個人有九個說好！」我說：「那另外那一個是誰？」他哈哈一笑：

「大概是我吧！」他說：「我常講這句話，妳是唯一一個有這種反應的人。」

劉克襄面對鏡頭時若有所思：「這個系列持續做下去，《聯合報》將會擁有非常豐富的作家圖像資料，這很有意義。」我之前並沒有想過這個問題，經他一說，不僅是照片，還有語音呢。策畫的初衷，一來希望作家把最好的作品拿來聯副發表，二來製造作家與讀者互動、深度交流的機會。為作家們攝影也只是為了豐富報版畫面；錄音、做slide show則是為了吸引網路讀者，讓紙本與數位媒體互映互補。意外地，卻創造、未來可望保存的一個豐富的作家影像資料庫。嗯，下個月，找誰來駐版好呢？

專業與敬業

◎一聽到叫我副主任、副座的，只要再多交談一兩句就知道，他從頭到尾就不知道報紙有一種版面叫作「副刊」……

在臉書上看到作家廖玉蕙討論今日文化業者的專業問題，令我感慨萬千。副刊工作經常必須與出版社、畫廊、公關業者，甚而公部門聯繫，而且百分之九十以上，是對方找我們，並非我們有求於人（我們「求」的，老是作家呀！）但交手的經驗，許多文化業者的「專業問題」，確是讓人無言。

把我的名字寫錯是常有之事，也是小事，有跟我通過幾十次E-mail，我每一封都老老實實寫上正確本名，對方卻還是堅持叫我毓雯、宇雯、怡雯的我從不生氣，至少他知道我是幹什麼的。最令我反感的是口口聲聲很親暱地喊我「副座、副座」，當然不是在乎什麼正、副問題，而是一聽到叫我副主任、副座的，只要再多交談一兩句就知道，他從頭到尾就不知道報紙有一種版面叫作「副刊」，他以為《聯合報》副刊主任的意思就是《聯合報》副主任。

不知道「副刊」很嚴重嗎？我當然不敢這麼說，可是，是對方主動來「交關」，要把他，或者他的老闆交代的文章、活動、訊息刊登在這個版面上的人，卻連找一份報紙來看看副刊長什麼樣子都不願意，夫復何言。

開畫展、辦活動，要我們派記者去報導的也就算了（其實副刊並不是新聞版），最刺耳的是對方開口閉口要求「露出」，連他的上司寫來的作品，也來說要我們「露出」，害我現在一聽到「露出」兩字就反胃。除了一些訊息是為了服務讀者和文化業者之外，聯副對待每一篇刊登的文章，都是對待「作品」的心情，都有一份敬意，不是公關，不是幫誰打知名度，不是什麼「露出」啊！

尋常接到的無厘頭電話、E-mail實在太多。把《聯合報》、《中國時報》、《自由時報》副刊自動歸為一家的——雖然我跟楊澤大哥、簡白、素芬、梓評都是好朋友，文學低迷，我們惺惺相惜的感受遠大於從前的敵我對立，可是一個出版業、文化活動工作者老犯這種錯，不應該吧？

最常對應的還是出版社的編輯、企畫人員，他們經常在書出版的前夕、講座舉辦的前夕，十萬火急拿來序文、演講訊息要我們刊登。一開始，我會不厭其煩告訴對方，聯副是預作版，日後請早早傳來，以便安排版面。我實在不相信哪家出版社舉辦講座，是三天前才決定、才邀請作家、才去訂場地的。但是啊，有些同業，說一百遍也沒用，不理會嗎？吃虧的是那些被邀請的作者，許多都是我敬重的作家，我老是心軟；然而大費周章去換版刊登了，對方便習以為常認為理當如此了。更有一種出版社編輯的態度，完全就把副刊當成他們的下屬宣傳單位。

剛出社會，無法立刻擁有專業能力是可以寬容的，但有「敬業」的心，很快就會變得專業。我是記者出身，尤其一向最同情辛苦的雜誌社編輯。而我自己年輕時，除了愛好文學，對其他領域都陌生無知，但綜合性雜誌採訪編輯的工作特質，就是今天要你跑服裝，下個月要你跑室內設計，再下個月忽然去做潛水專輯，無知，能怎麼辦？當然要抱佛腳，立刻去找書、找雜誌、去圖書館找資料，死也要在受訪者面前讓對方覺得你對這領域並不陌生，你知道他是誰，最重要的，讓對方感受到你的誠懇。回首那段辛苦的歲月，給我的磨礪、成長，我至今感謝。而現在，比我們那年代方便得太多，只要在電腦前動動手指，問問Google大神，臉書大神，都不至於太離譜，為什麼我們仍然會面對那麼多離譜的事呢？

是因為費用的關係嗎？

◎我曾開玩笑跟一位小說家說，乾脆我們以後互相扮演對方的助理吧，就可以果決幫對方拒絕掉太無理的邀請，而不會什麼都不好意思問……

作家有許多委屈，尤其對於專業寫作者來說，在台灣稿費、版稅不足以維持生活，演講、評審是必要的，大環境卻布滿了「地雷」，讓作家們白做工之事時有所聞。以下貢獻幾則親身經驗。

其實作家之間，偶爾是會談起這些經驗的。我曾開玩笑跟一位小說家說，乾脆我們以後互相扮演對方的助理吧，就可以果決幫對方拒絕掉太無理的邀請，而不會什麼都不好意思問，不好意思說。他笑說，妳日理萬機耶，我當妳的助理還差不多，妳怎麼能當我的助理!?我說你別看我，對自己的事情，膽小怕事，如果是別人的事，我有時候也是很兇悍的！

我舉例，說起曾經幫某「公部門」舉辦的一項徵文評審，同時要評兩個文類，沒有初複審，一次看一大疊稿件（不記得詳細數字，二三百件以上是有的），評審費四千元。我評了兩次（說來也是犯賤，居然還做了兩次？），到第三次來邀約時，恰好我要出國，順理成章婉拒了。對方請我推薦一些作家給他們，這一來我就火大了，本來什麼都不想說的，忍不住把對方訓了一頓。我說，當我自己評審時，我不好意思說，也覺得這項徵文很有意義，就勉力為之了。可是，我怎麼能去「陷害」我的朋友啊？我知道不是妳的錯，但請妳告訴妳的長官，政府部門，不可以這樣苛待作家……

後來我告訴義芝大哥這件事，他在我之前也評過的。他問：「他們給妳多少評審費？」「四千，真的很過分吧？讀那麼多稿件要花多少時間他們知道嗎？」不料義芝回答：「他們進步了！他們以前只付我兩千塊，被我說了一頓，以後就不找我了。」「啊？原來已經倍數翻漲了！所以下一屆會按比例漲成八千塊嗎？我不得而知，因為他們也不再找我了。

我只有對公部門才會發火。對高中學校最不要求，覺得像面對自己的孩子，從不問費用，只問時間。因為這所有活動用的都是我私人的假，額度有限，用完就沒了。但對大學，跟對高中我有較不一樣的標準。到大學校園時，我的心態，覺得是以作家而不是類似「母親」的身分受邀，這純粹是個人感受。

印象最深刻的一次大學評審經驗，對方邀請時絕口未提評審費。我也不好意思問（所以作家需要互為助理嘛！）。該校是詩、小說、散文三類作品只找一組評審，而且一樣沒有初複審，所有稿件統統給你看（我同樣記不得數字，但三類加起來，少不到哪去）。評審會到場時，他們先請三位評審簽領據，分成兩張，第一張，兩千元，第二張一千元。我看到坐我旁邊的年輕小說家臉很臭（但後來我想想，有可能是我錯怪人家了，等我跟他更熟一點便知道，有的人不笑或不說話時，臉看起來就是臭臭的）。那直接面對學生的公開評審會，連續三類作品評下來，用掉一整個上午，精疲力盡。我們走出校門時，小說家對我搖搖頭：「瑜雯姊，這個學校真的很誇張對不對？看那麼多稿子、一次評三組，才給四千塊評審費！」我吃了一驚，喊他的名字，「是三千塊，不是四千塊喔。」「什麼？我們不是簽了兩張收據？」「但是第二張只有一千塊啊。」

我有次在作家聚餐時講起此事，眾人哄笑，一致評為該年度最悲慘的評審事件。

但其實評完後還沒了結。不久之後，該校學生發E-mail給我，要我交稿，「我什麼時候欠你們稿子？」他說，要請我寫一千字文章。「寫什麼？」「就寫看今年作品的心得、對同學寫作的建議啊！」這回我「峻拒」了，我告訴學生，以後如果有這種要求，你們在一開始邀請的時候就要說清楚、講明白，你們沒有告知，我沒有義務。當年我賴掉了，一直到現在，我才寫出我的「心得」。

而最近，有一所南部大學來請我演講。對方打我手機，我走在路上無法查詢日程，把E-mail告訴她，請她把日期及所有細節寫給我，我會儘快回覆。等我進到辦公室打開電腦一看，那是一個對我有點麻煩的日期，大概是我最忙碌的星期五吧。再往下看，演講費三千兩百元。再底下，有一行「高鐵費用，由本校全程支付」，好大方啊，難道有不支付的？不好意思，我也碰過，真有！雖然演講只有兩小時，但一趟高雄來回，對我而言，就是一天的精力，我寧願把這一天假留給高中生。我當然婉拒了，對方回我一信：

「老師，請問是因為費用的關係嗎？」

大廚就是這樣？

◎究竟怎麼樣退才叫作婉退？我知道：敘述枯燥、理路不通、文字囉嗦、彆扭、俗套、老生常談、不知所云等等的實話、大白話絕不可以說。

這世間許多事難以制定科學標準，對我而言，做菜、愛情和審稿，在這一點上有高度的同質性。

兒子念小學的時候，有回我在廚房切芒果，隱約聽見他父子倆的對話。小孩向老爸問物理，關於水餃煮了之後為什麼會浮起來的道理。

「因為浮力……等於重量……空氣熱脹冷縮……」

「水餃裡有空氣？……」「水餃裡當然有空氣……」

「噢！空氣熱脹，體積變大……所以就浮起來了。」他似乎是懂了。

「你去問你媽咪，看她會不會。」

「媽咪，妳知道水餃煮了之後為什麼會浮起來？」

「因為熟啦！」

詩人向明聞說此事的評語：「還是媽媽學問大！」煮水餃尚有阿基米得原理可證，廚房之事，更多只能憑經驗。兒子長大了，也會自理一點簡單廚事。某日問我，用烤箱加熱麵包，要烤多久？我說我沒測過時間，因為不同種類的麵包，或是從室溫下、還是冰箱裡取出的麵包，需要的時間都不一樣，無法訂定統一標準。

「那妳怎麼知道烤好了沒？」

「我通常把麵包丟進烤箱，就一邊去煮咖啡、煎蛋或做其他早餐，等站在烤箱前感覺到熱氣，聞到麵包的香味出來時，就知道差不多烤好了。」

父子倆面面相覷，「真是……一點都不科學！」

「大廚就是這樣啊！」

我新婚不久，先生一票清大同學來家裡做客。一位同學向我問起：「為什麼決定嫁給他？」眾目睽睽之下如何回答？我這人怕肉麻，隨口答道：「一時豬油蒙了心。」座中未婚的男生紛紛向我老公打聽：「你的豬油上哪買的？」這以後，所有先生討我歡心的事事物物，都被簡稱為豬油。玫瑰花是豬油、洗碗機是豬油、喬治傑生（Georg Jensen）項鍊是豬油、布拉格之旅是豬油……。中年過後，這些豬油，都回到了他的肚子裡啦！

而做為一個副刊編輯，常年在編輯檯上最怕被問的事情，排名第一的就是：這篇稿子為什麼不用？（第二是，採用後，「那什麼時候登？」）任何一個回答，都可能簡化了判斷的複雜性。閱讀稿件是一個心理過程，像經過一趟旅行，不一定大山大水就是美好的旅行，有時走訪知名景點，卻一路受氣，有時景色無奇，但遍嘗美食，領略人情，或有意外驚喜，無法一概而論。天下好文章可以有一百個理由，有說服力、有深度、有哲理、有創意、有拙趣、機智、幽默、華麗、動人、平實、清新……或者歸結兩個字：好看，又或總結一個字：美！但「不好」的文章，我卻不敢輕易使用任何形容詞，對於一個副刊編輯，那是天下最危險的事。

我剛進聯副擔任編輯時，每天的審稿流程，得為看過的稿件寫扼要的意見，把審稿單跟稿件釘在一起，拿給主編裁決。他看過後，會在審稿單上批示「留用」

或「婉退」。我盯著那「婉退」二字感到茫然。同事有叫婉茹的女生，我玩笑把稿子拿給她：「婉茹退。」究竟怎麼樣退才叫作婉退？我知道：敘述枯燥、理路不通、文字囉嗦、彆扭、俗套、老生常談、不知所云等等的實話、大白話絕不可以說。只好含糊說這一篇不合適。對方便來問妳：哪裡不合適？說類似的文章很多人寫過了，妳便等著花時間回他下一封信，說明哪些「前人」寫過，妳還不能直說：都比你寫得好。若說文章太長了，他便建議妳，可以連載啊；再回說可是稿擠登不了，他老兄記性可好，馬上來提醒妳，某年某月，林文月，或是白先勇的文章比我這篇還長！

後來，我聽到了同業前輩的一種退稿說法：「這不是你最好的作品。」我心想，這不是廢話嗎？哪有人每篇都是「最好的作品」，但是對人情練達者，還是一個好台階，這是成名作家能接受的說法。又有一種退稿理由：「這一篇文學性稍弱。」我又馬上學起來。可是不久之後就有人來要我解釋：什麼是文學性？當過副刊編輯的作家焦桐教我說：「為你把關。」但他也承認，這只能說一兩次，很快就辭窮了。

做了十七年副刊編輯，我真的很想紅筆一丟：「大廚就是這樣啦！」然而我是「豎仔」，副刊工作中，最痛苦的事，始終是腸枯思竭找不出「婉退」的辭令。

懇請不要

◎懇請不要一直問、一直問！問某篇文章為什麼不用？問稿子何時刊登？問為什麼很久沒見到某某作家的文章？（天知道為什麼！）

我很想擬一個投稿公約。編輯檯上所遇，光怪陸離，被「懇請」之事無奇不有：幫忙買書、幫忙寄書、幫忙出書、幫忙傳話、幫忙協尋、幫忙「封鎖」、打擊某人（別懷疑，真有！）……。做為編輯，其實也有不少事想懇請投稿者。

第一，懇請不要抄襲，這是天條。

第二，懇請不要一稿兩投或已刊再投。這不是常識嗎？不，網路新生代——不是讀報長大的一代，對報刊投稿的基本概念遠比老一輩稀薄。

其實現代人更須尊重這個倫理，因為網路的傳播無遠弗屆。以往，在海外地區發表過的作品，在台灣重新發表，尚可接受，畢竟讀者海角天涯，並不重疊，今則不然，只要發表過，大部分網路上都能看到，包括已在自己部落格、臉書發表的作品（當然有些例外，是副刊主動轉載）。

不知道「網路發表」也算發表，猶可原諒，我還常收到一些投稿信，收件者有一大串，中時人間、自由副刊各友報，甚至本報繽紛版都名列其上，是要我們幾個副刊主編群組討論由誰來刊載嗎？這種自殺式投稿倒還好，不理會便是了（除非是藝文訊息，不在此限）。糟的是我們不知道對方已經到處投，造成重稿、臨時換版，甚至本報家庭版與繽紛版重複刊登之事，不勝其擾。

我遇過最誇張之事，是我剛接任主編不久，某知名出版社投來一位作家的序文。我對「序」的刊登頗感困擾，最害怕看到公關、人情序文。但有些序等於是一篇專業書評，在規畫了星期六的「周末書房」欄目之後，這類序文理所當然可放周六書評版；有些序文其實是很好的散文，評述的不僅是書，更在寫人。那篇序便是這樣的一篇文章，但來得太急，書一個禮拜之後便要上市，聯副是預作版，我評估了一下，還是接受了。那意味著須拿下某篇已經排在版上的文章，讓美編辛苦點，也是新聞線上時有之事。惱的是，在刊出前一天，該出版社編輯打電話告訴我，那篇文章同時給了人間副刊，對方也將刊出，要我們立即撤版。我心中不免難過，覺得對方欺我資淺，其實那位作者與聯副淵源深厚長年交好，我若打電話請作者自己選擇，稿子未必不會留聯副。但想想那編輯到底是無心之過，這一嚷嚷，小事便成了大事。終於還是默默把稿子撤下來，版再度重做。嘴上跟同事說：以後這家出版社的書概不理會！到底也只說說罷了，不能無辜遷怒作家，這點理智我還有，但初任主編時的冷暖，了然於心。現在想起，坦白說，哪家出版社我還記得，卻完全想不起那位編輯的名字了。

第三，懇請不要把「副刊」當作「訃聞」版。我在加拿大旅行時，晨間拿起旅館提供的地方小報，真讀到過整版的訃聞，覺得挺有意思。但那是旅行中，如果真住下來，會不會每天都想要讀整版的訃聞呢？

懷念逝者的悼念文、悼亡詩是文學史上重要的類型，我並沒有偏見，只要是好作品，沒有拒絕的理由。尤其悼念重要作家、文化人的文章，對讀者深具意義，聯副為此特別設有「文學紀念冊」欄目，此中時見令人動容之作。近讀林懷民〈思念Linda——回顧一個奮發的時代〉（民國一〇五年八月十九日聯副），懷念的已不只是俠女吳美雲的身姿，更是一個教人神往的年代。

然而悲悼之作，要寫到雋永，有時需要時間的沉澱；多數人等不及，不是呼天搶地、便是通篇歌頌逝者，或則瑣瑣碎碎履歷表一般，還規定刊出時間，要趕告別式的、要趕百日、要趕七七的都有。曾有某位已擱筆多年的作家，過世後遺孀投來悼念文，那作家亦得過「聯合報文學獎」的，我趕在告別式前刊登了；不料還有續集，夫人再投來更長的一篇，要求作家百日那天刊載。寫得愈長，愈見文筆平庸，再一查她指定的「百日」那天，恰是母親節，早有安排為世間母親而寫的親情散文。我婉拒了，對方竟「不能接受」，認為不刊登無以告慰逝者在天之靈。

拒絕這類文章須特別謹慎委婉，總覺得對方已經傷心難過，我還嫌人家文筆不好，傷口上撒鹽。而作者往往強調這對他是多麼重要，我當然明白這份情意，可惜對個人有意義，若達不到書寫的感染力，對廣大讀者便沒有太大意義。而每天都有人永別世間，設若來稿必登，副刊絕對成為訃刊。

第四，懇請不要一直改、一直改。寄出的稿件，發覺有錯字、人名、事實的錯誤，去信更正，這原是無可厚非之事，但有些作家簡直改稿成癮，投來之後，不斷置換第二個版本、第三個版本……檔案還自己編了版本一、版本二、版本三、四、五、六、七……，根本打定主意要無止境地改下去，真教人啼笑皆非。

我不明白，除非是有特殊時效的文章，或是我們預約的專欄、專題，趕在截稿日交稿，事後忍不住改稿潤飾，這能理解；若是一般的創作，並沒有人逼著交稿，何以不琢磨至滿意了再投稿？究竟在急什麼呢？

對於改稿成癮的作家，我現在已知道凡是他們的文章都先放著不要去整理——反正一定會有新檔案來。麻煩的是，愛改的人，就是會「一直改、一直改」，在你組稿、美編已經排在版上之後，他又來新版本！不熟悉編輯作業的人可能疑惑，把電子檔重新丟上版不就得了？實則不然，除了抓錯別字，各方來稿所用標點、格式無奇不有，有人還習慣每寫一行要斷行一次，或是字裡行間無故到處空格；此外，半形的符號、簡繁體字、異體字的用法，民國或西元紀年、國字或阿拉伯數字都要統一，有的要做小標、拉引言、加欄名，各種編輯工夫不一而足。更麻煩的是，有的作家不僅習慣改稿，而且愈改愈長。回信告訴他，好的，會重新換上新檔，但是拜託請不要再改了，因為長度不同，版須重做。作家卻回信振振有詞：「只加了一段，所以只有那一段要重排，其他都未改。」他不知道紙本不同於電腦，一個版面可容納的字數大致是一定的，文章活生生增加了數百字，怎可能「只有那一段」要重排，不但美編必須重新設計，原來搭配的短文或是詩，也可能就此被擠掉了。還有位作家，最初來稿同意留用時是篇兩千多字的文章，作者每隔一段時間來一個新版本，等到準備上版時點開字數統計，赫然發現近四千字，簡直懷疑是詐欺了。

第五，懇請來稿時，不要告訴我你的經濟情況。最近（唉！每一陣子都會）接到這樣的信函，說本人退休／離職／離婚……後無收入，艱難度日，投稿望採用。寫得很令我心酸。但不能用的還是得退。卻使我心裡蒙上陰影：我是個沒有同情心的人！來稿時，請不要告訴我你的經濟情況。

又有一種作者，退稿後助理來電表示，詩人無法接受，問我何故退稿？我心裡圈圈叉叉。後來有別的作家告訴我：

「此人非常有錢！」

「關我什麼事？」

「他能辦許多活動。」

「我又不參加他的活動。下次讓我的助理去告訴他，我也非常有錢。」

「妳助理是誰？」

「就你啊！」

不能用的還是得退，卻使我心裡蒙上陰影：原來我是個討厭有錢人的人。真的，來稿時，請不要告訴我你的經濟情況。

第六，非十萬火急懇請不要凌晨給編輯臉書 morning call。副刊編輯的職業病，視力不良、肩頸僵硬、胃痛、頭痛、坐骨神經痛、手腕關節痛（腕隧道症候群）……自從有了臉書，半夜、清晨不時有稿子來敲門，更搞得我神經衰弱。其實投稿還是使用 E-mail 信箱為佳，讓編輯可以從容處理，也不會在臉書裡不小心被大量訊息淹沒、遺忘。

第七，懇請不要把副刊編輯當成二十四小時免費的寫作指導老師。不僅被退的稿子要求指導改進，更有人連小孩、孫子的作文都拿來請教。

第八，懇請不要一次丟來數十萬字，要編輯從中大海淘沙。噢，有的還給你一個部落格網址，要你去裡面選文章，似乎以為編輯非常缺稿。

第九，懇請不要把副刊當作職業介紹所、把編輯當成出版仲介。常有我根本不認識的人，要求我幫他推薦工作，或連一篇文章都未曾在聯副刊登過的寫作者，來信告訴我，他寫得不差，卻沒機會出版，要求我出面向出版社推薦。我並沒有那麼大的面子。

其實還有很多的「懇請」，比如懇請不要老要求編輯順便做其實一點都不「順便」的分外之事。最想說的是：懇請不要一直問、一直問！問某篇文章為什麼不用？問稿子何時刊登？問為什麼很久沒見到某某作家的文章？（天知道為什麼！）權且以此做為「第十」點結束本文吧。但是關於不斷來電逼問對編輯造成的精神恐慌，前面已寫過一篇〈電話！〉，這裡就不再一直講、一直講了。

卷三

給下一輪副刊盛世的備忘錄

手藝人

◎許多手藝人一環扣一環，把每一個版，都當作一個工藝品精雕細琢而成。這是編輯對作家、作品的心意，也是對讀者的誠意。

台北市政府已禁止在殯儀館張貼輓聯，改用電子跑馬燈的形式。爾愛其羊，我愛其禮這些見仁見智的爭議且不談，我感受到的是，又一種「手藝人」慢慢將會消失。專業寫輓聯者，是一種手藝人，他們必須具備基礎的國學素養，一定程度的書法能力，以及對於傳統禮儀的認知。這一行，因為從業者專業能力日漸低落，人們也不甚在乎，其實在還未被公然消滅之前，已經慢慢自行凋萎了。

副刊編輯，包括美術編輯，在我看來，也是一種手藝人；是不是「保育類」我不知道，但這門手藝，無論如何不希望在自己手裡斷絕。

有時被作家、讀者抱怨，電子版副刊文章不好找、時有誤植……，我除了儘速請求更正，忍不住對抱怨者說：「也許，這正好提醒您，重新回來看紙本副刊呢。」

老王賣瓜一下吧，每當聽到作家，尤其是美學行家，例如蔣勳老師，對我說一句：「今天副刊版面真美。」那真是樂上心頭。有一回，學者林谷芳接待大陸學者時，拿出當日聯副展示，主文正是林谷芳〈真山真水〉，搭配畫家林崇漢氣勢磅礴的插畫，標題為楷書書法。大陸學者嘖嘖稱奇：「這年頭，還有人這樣子編版？」這就是手藝人的版面，也是台灣副刊引以為傲之處。

一個版面的完成，不是編輯從大批來稿中審稿、選稿，或者把稿件約來就算了事。文章分量適宜做為主文者，首先要向風格適宜的插畫家邀約插圖；如果是描述旅行、人物之作，會向作者請求提供照片，或到報社的資料庫尋找、四處向攝影家張羅。主編的腦海裡，會先有一個發表時畫面的整體想像。以〈真山真水〉為例，作者雖傳來了文中提到的富春江照片，但效果不佳，於是我把文章和照片一併傳給崇漢兄參考，讓畫家畫出他胸壑裡的「真山真水」。副刊的插畫家，不折不扣是手藝人。

今日的聯合副刊，一天整版近五千字，在組版時，三千開外的主文，通常搭配一篇千把字的短文，一首詩，再加一兩則小品文、最短篇或是文訊等等。算術差的主編如我，每天是拿著計算機組版的。也因此文章刊出的速度，除了作品本身有其「輕重緩急」，有時字數也決定了它的命運。例如長詩比短詩排隊排得久，因為要等待特別短的主文它才上得去。

這些作品，經過編輯整理、加小標、抓引言或寫編按、圖說之後，編排設計是美術編輯的工作。早年聯副有自己的美編，還好幾位。現在全部歸屬美術中心，但美術中心主任對於副刊的美編有特別要求：必須先讀過文章的內容，再來排版。先領略作品的內涵，才能表現最適切的氛圍。小說、散文創作有各種風格的插畫做為主視覺；而聯副談古典文學、美學、戲劇的文章也不少，於是讀者會看到某日頭題為王德威教授的〈古典與青春〉，版面邊緣，壓著半個淡淡的京劇臉譜，那是講述國光京劇十四年的文章；張曉風教授的〈一部美如古蕃錦的《花間集》〉，版面邊緣，則裝飾著古典剪紙圖案。如果內容寫的是關於中國古典小說、書法，版面上可能會出現線裝書的襯底，或是標題上加小小的紅圈，一如古人的句讀，或是古意盎然的紅色章印。有些標題使用印刷體，有些標題請人寫書法……這些，都是「手藝人」

的手筆。

我的辦公室座位後方牆上，張貼著未來七天所有組好的版面，工作中，會不時站起來，端詳每一個版面的視覺是否適切，有時移來挪去，像室內設計師，這裡補個光，那裡要留白。

美編組好的版面，交由編輯仔細校對，完成後我會再讀一次，有時再「修潤」一遍。聯副的文章名家多，很少改動，多半只訂正錯字、標點，或是事實的錯誤；繽紛版、家庭版的文章，素人為多，常有好故事，只是文字須再斟酌，編輯潤飾後，往往能清朗有神。校對、潤稿，都是手藝人的工夫。改正、清版、確認後，主編簽了名，才能夠發版、印刷。

這整個製作的程序，最初始，來自最可敬的「手藝人」，即作家（許多作家，如朱天心常以此自況），然後有編輯、插畫家或是攝影師、美術編輯、印刷工作者的通力合作，才成為第二天讀者手中的報紙副刊。請不要怪我老派、頑冥，我實在要說，不看副刊也就算了，既然讀副刊，如果不看整體版面的呈現，而只從電腦中點出一條一條的稿子，真的好可惜，好可惜！這是許多手藝人一環扣一環，把每一個版，都當作一個工藝品精雕細琢而成。這是編輯對作家、作品的心意，也是對讀者的誠意。

我知道許多作家至今仍然非常在乎在副刊的發表，不盡然是因為稿費，也不是為了宣傳，他們自己的臉書就門庭若市，他們珍惜，並且收藏這整個美感的完成。

副刊、武俠、溫世仁

◎我與武俠緣分真的不淺。我進聯副之前，曾在明日工作室任職，與溫世仁先生有短暫的相處，那是令人懷念的時光……

兩則有意思的報導及預告：報導是一九六〇年四月九日《聯合報》第三版所刊，標題〈盜印集團判刑　文壇人心大快　著作家一致喝采〉，內容大致是說盜印王藍《藍與黑》、孟瑤《窮巷》、謝冰瑩《愛晚亭》、張漱菡《意難忘》等大批文藝書籍的一個台灣最大盜印集團，經地方法院宣判「處有期徒刑一年，併科罰金五百元……」，文壇稱快。從這則新聞一可見到著作權法初覺醒的時代氛圍，一可管窺當時的暢銷書若干(可以合法出版的作品，若不暢銷誰要盜印?)。但我閱讀時，視線卻逗留在以下這段話：「以李景伯為首的此一盜印集團，除盜印上述各書外，另於四十六年底在台北鴻文印刷廠翻印共匪小說《江湖情俠》，又在台北美明印刷廠翻印匪書金庸著《碧血劍》，經警局在被告李識荊與李景伯家中查獲之匪書翻印本十六種達七百餘冊移送法院……」

《江湖情俠》是否為三〇年代同名愛情武俠電影的原著，不得而知，但「匪書金庸著《碧血劍》」大家就很熟了。

在一九七九年九月七日《聯合報》副刊則刊登一則預告〈金庸：武俠文壇的奇人〉，內文說道：「在源遠流長的中國文學巨流中，武俠小說是一條很特殊的支流。知識分子對它的態度相當曖昧，往往是既喜歡，又不願承認。……事實上，武俠小說卻擁有廣大的讀者，上自達官顯儒，下迄販夫走卒，樂此不疲者不乏其人。而衡諸武俠文藝，固然有許多無聊之作，但既有消遣讀者之效果，又能與正統文藝相頡頏之精采作品，也不在少數。旅居香港的金庸先生就是武俠小說的奇人，其作品不但具備永久之趣味，更具備永久之價值……最近，金庸先生的武俠作品將由遠景出版社正式在台灣發行，本刊徵得金庸先生的同意，將他的一些力作交由聯副轉載，首先推出的是《連城訣》，並自今日起開始刊布，這是國內報刊首度公開發表金庸的作品，除向作者致謝外，並請讀者拭目共賞奇文。」這一篇文案裡，除了推介金庸，且扼要地說明了武俠小說在中國文學裡的微妙地位。與前一則報導相距十九年，「匪書」終於在報刊上連載了。

我以前一直以為司馬翎與金庸為同一人，因為我在租書店讀到的《大漠英雄傳》作者是司馬翎，以為金庸有兩個筆名。原來是盜版商借了香港僑生、台灣武俠小說家司馬翎的名字，又因為「射鵰英雄」暗合了毛澤東「彎弓射大鵰」名句，書名也改了，真是教人錯亂的年代。

而我接觸武俠，是從租書店開始，上大學後移向報紙副刊。現在書房裡有一整套遠流金庸全集的第一版，是老公大學時買的，我說：「你真有錢！我都是借的、租的、報紙上天天追蹤讀來的。」後來在雜誌社工作時曾跟早我一步進時報的同事阿洪聊起新武俠，那時阿洪去了人間副刊，他說溫瑞安的小說沒人看了，有一次他們連載出錯，兩天貼了同一段，卻根本沒有半個人來抗議！他說的是《刀叢裡的詩》（一九八八），我說：「那你還好意思說！誰說沒有人看，我就在看啊。只是武俠愛好者多半比較豪邁，沒那麼神經質，這種事有什麼好抗議的。」

但阿洪說得沒錯，其時金庸讀者仍眾，但武俠創作已走下坡，金庸高峰實難以攀越。

我與武俠緣分真的不淺。我進聯副之前，曾在明日工作室任職，與溫世仁先生有短暫的相處，那是令人懷念的時光。二○○三年冬天他突然辭世，隔年明日工作室劉叔慧與聯副洽談，以創辦「溫世仁武俠小說百萬大賞」來紀念一生熱愛武俠，且具俠義風範的溫先生，二○○五年展開了第一屆的武俠大賽。

學電機的溫先生喜愛武俠；我從前採訪過沈君山先生，他也好讀金庸，不怎麼「科學」的武俠小說，一直是科學人最常接觸的文類，實在耐人尋味。

溫先生最欣賞的武俠小說家是古龍，認為他風格明快，不拘泥傳統，也不比附歷史。我當然最愛金庸，他問：「金庸有什麼好？」我沒有和他爭辯。有回說起《紅樓夢》，他也用一樣的句法問我：「到底《紅樓夢》有什麼好？」感覺他喜歡明快，不喜瑣細。生活中也是，問他最愛的美食，他說滷肉飯。我喜愛牛奶、乳製品，故作養生說可以補充鈣質，他回答我：「吃鈣片就好啦！」那時電子書還在最初的開發階段，他走得比市場早一步，也許太早了，反而未能成功。但他對網路世界的演變，確實是極有遠見的。在千禧年前夕，網路購物在台灣才剛剛萌芽，未成風潮，溫先生對我們這群整天想逛街買衣的女生說，以後這些事，妳們在網路上就可以全部完成。有同事說，「衣服要試穿啊！」他說，「將來的網路，妳只要輸入你的身高、體重、三圍、髮型，它就可以幫妳模擬試衣。」我小聲嘀咕：「怎可剝奪我們的樂趣，溫先生根本不了解逛街對女人的意義。」他意味深長給我了一個「妳等著看！」的表情。

溫先生沒有等到，剛結束不久的「雙十一購物節」（二〇一五）阿里巴巴單日成交破九百億人民幣的新聞，完全實踐了他的預言。

我從未跟溫先生正面辯論過任何歧見，因為我只待兩個多月便離開明日，離職的時候也還是個「新人」。沒想到他年會以另一種形式延續與溫先生的緣分。武俠小說百萬大賞第六屆起與中國武俠文學學會合作，兩岸合辦，更名為「溫世仁武俠小說大獎」，至二〇一四年，第十屆圓滿落幕後，隨著明日工作室在台主要業務結束而畫上句點。這個獎，讓我們看到武俠薪火未絕，吳龍川、趙晨光、施百俊、徐芷葳、沈默……這些名字，我會繼續追隨。

副刊與諾貝爾文學獎

◎戒嚴年代，副刊是報紙中最自由曖昧，得以文學包裝、夾帶反抗思想……那是封閉的台灣，眺望世界的窗口，以文學之名。

那天我被分配的工作是，在接近晚間七點的時候，到樓下編譯組等候桂冠得主揭曉。那是二〇〇〇年十月的第二個星期四，我到《聯合報》的第二年，當時副刊組雖也有幾部電腦，多半用來處理文書、收稿，我們都還不太會上網搜尋資料。我站在編譯組的電腦前屏息等待，聽到前輩唸出：「Gao Xing-jian……？誰？」高─高─高行健！我一路奔上樓去，狂喊著高行健！不知興奮什麼，我根本沒有讀過他半本作品。同事們一聽，真的嗎？真的嗎？雖然早有耳聞，副刊組同仁還是陷入極度亢奮的狀態（為什麼會有「耳聞」？我真的不知道。但如果不是先有「耳聞」，我聽到那個英文發音，不會立即領悟正確的中文名字，很慚愧，在那幾天之前，我對高行健一無所知）。義芝主任馬上打越洋電話聯繫上了高先生。其他同事們分頭約稿、採訪、找書，整個副刊組混亂而鬥志高昂。大約到十一、二點吧，獨立的專版做出來、校對完、送版了，大家熱血未涼，曲終人不散，跑到附近的金海岸吃活蝦，回家時已是大半夜。

第二天一早，第一件事便是比報，確認戰果。這是我的諾貝爾文學獎初體驗，卻也是最激情的一次。因為在這之後，文學都不被重視了，誰還理諾貝爾；網路發達，文學人在第一時間上網便可知道結果，不必等待第二天報紙揭曉，有Google大神之後，要搜尋相關訊息更是容易；而即便再有中國人得獎，也不是第一次了！那年高行健的《靈山》，從十月得獎後到次年初的國際書展，短短三個月，共銷售十二萬本，《一個人的聖經》熱賣七萬本，連劇本《八月雪》也賣出了一萬五千本；等到二〇一二年莫言獲獎，在出版業就未曾聽聞有這樣輝煌的業績了。

但即使聚焦力已不可同日而語，諾貝爾文學獎的揭曉，仍是副刊的年度大事。我的記事本上早早便會在十月的第二個星期四那一格標明「Nobel」大字（諾貝爾文學獎揭曉通常在每年十月第二個星期四，但偶爾也有例外，提前或延後一周），家人也知道，每年的這一天，我一定會加班到深夜。

這個傳統，是從瘂弦先生建立的。鄭樹森先生《結緣兩地》（二〇一三年，洪範出版）書中有篇〈《聯合副刊》與諾貝爾文學獎〉，便詳述了在一九七〇年代後期瘂弦入主聯副之後如何掀起了國內副刊的年度「諾獎大戰」，後來中時人間雖然跟進，整體戰績還是《聯副》遙遙領先。原因除了瘂弦的國際視野、團隊通力合作、報社的支持之外，關鍵因素我想就在鄭樹森先生身上。學養深厚的鄭樹森先生，不但提供各種線索、意見，甚至曾親上火線，代表聯副採訪諾貝爾獎得主，協助聯副「長期作戰」。而別說網路了，在那個甚至還沒有傳真的年代，越洋電話極其昂貴、不能直撥，聯副與海外作家是以電話邊唸邊抄的方式，而能在第二天刊出得獎作家的介紹及中譯作品。它帶動了國內報業的諾貝爾文學獎風雲，連香港、新加坡等地的華文報紙，也經常在次日將聯副、人間的報導原文照刊。

我也曾聽前輩說過，兩報競爭最激烈時，還曾大手筆預作好十個版面，看看猜中哪一個，便上哪個版。這聽起來也有趣，揭曉的一刻，會有樂透開獎的刺激吧！不過我未曾親身經驗這種盛況。

今日回首，自然會有人不以為然：諾貝爾文學獎有那麼重要嗎？那是「西方」

觀點的文學評價、有些得獎者太冷門，在情感上與我們毫無關連、甚而有更多政治性的揣測⋯⋯。然而，此一傳統有它的背景。一九七〇戒嚴年代，副刊是報紙中最自由曖昧，得以文學包裝、夾帶反抗思想「魚目混珠」的特殊場域。在那樣的時空裡，對諾貝爾文學獎大肆報導，以至掀起大戰，與其說誰得了這個獎、對國內有什麼重要，不如把它看成一扇窗，那是封閉的台灣，眺望世界的窗口，以文學之名。

這幾年來，其他報紙副刊逐一退出了這場競賽，只要交給報社編譯組及文化記者，一樣能夠提供報導，副刊場上似乎只剩下聯副在「玩」了。

把工作視為遊戲，便有意外的樂趣。每年十月初，副刊組仍會為此開會，資深同事（最專業的是王開平！）會整理好一份預測資料，大家依照語系分配，分頭聯繫作家、學者在揭曉當日為我們「stand by」，如果命中了，立即幫忙撰稿評析。揭曉那天，一定是全組留守待命。至於那預測資料從何而來？真不好意思，除了長期關注、累積的名單之外，諾貝爾獎的賭盤（博彩）也是重要的依據，例如去年（二〇一五）得獎的斯維拉娜·亞歷塞維奇（Svetlana Alexandrovna Alexievich）就是賭盤上的第一名。但這反而是少見的例外，當我們提醒某俄文專家，這位白俄羅斯的女記者高掛賭盤第一名時，對方還笑我們：別傻了！的確大部分時候我們的預測是反向操作，那種排在一、二名的都不會得獎，就像早年的米蘭・昆德拉，近年的村上春樹。

在我個人的預測經驗裡，近六年之中，就曾經命中過兩次。所謂「命中」，當然不是嘴巴說說而已，可資檢驗的是，我已先請專家寫好了假設某人得獎的評介，二〇一〇年得獎的祕魯作家尤薩（Mario Vargas Llosa），我先請西語系教授張淑英寫稿；二〇一三年得獎的加拿大作家艾莉絲・孟若（Alice Munro），中文版譯者是作家張讓，我怕遠在美國的張讓一大清早被我電話騷擾、叫不起床，也先請她寫好了稿子。才一揭曉，我便悠悠哉哉從抽屜裡拿出準備好的稿子，那種快樂得意，是忙碌工作中難以言說的插曲。自然會有人向我潑冷水：「這年頭，誰在乎？」我只知道，如果連副刊的編輯都不在乎，就真的不會有人在乎了。

專題的兩難

◎我心中的理想副刊，是海……至少必須是江河，有波瀾，有激流，因此編輯需要盱衡局勢，扣緊社會的脈動。

去年（二〇一五）底一位資深作家寫電郵給我，說看到聯副上「我們這一代——六年級作家」結束了，但預告即將進行五年級生的作品發表，「這樣下去，不知還有空間給不屬於年輕一代的我們嗎？」他說有一篇兩千餘字的文章本想投稿，但看我們「如火如荼」的進行「六年級」計畫，便不敢投，心想等火燒完了後再說，不料還有續集，問我這計畫要進行到何時？我馬上回信請他賜稿。如果兩萬字，我會遲疑，兩千字，只要是好稿子，哪裡是問題。也向他說明「我們這一代」是聯副近期較大的專題規畫，壓縮到發表的空間，很抱歉。因為五、六年級世代是當今文壇最活躍的主力，因此這兩個世代參與的作家較多，發表較密集。世代專題未來會間隔地、慢慢地做下去，希望每一個世代都有機會論述、憶舊或感懷。順便向他預約，輪到三年級作家時，盼望他也能支持。沒想到他便不回信，也不來稿了。我感到錯愕又遺憾，他是我不願意失去的作者。

專題的製作，是副刊的兩難。對投稿者而言，可能保留的版面愈多，投稿留用的機率愈高，刊登得愈快。不企畫任何專題，只等待來稿，那是一種編法，而且不諱言，是最簡單的編法，只要好好校對，版面不出錯，作家也高興，何樂不為？製作專題，從構思、約稿、催稿到集稿，不是輕鬆的事，捨易從難，為什麼？

近日在一個會議裡，一位女士禮貌問我，忙嗎？你們現在會缺稿子，需要到處約稿嗎？我說，我們需要約稿，從來不是因為缺稿子，是因為常製作專題。我想起幾年前有一次在中部某大學評審，一位同台評審的學者與我寒暄：好久不見啊，最近好不好？我照例回答，除了忙，都好都好。他卻不以為然反問我：「副刊編輯有什麼好忙的？」我心裡稍感受傷，果然世事隔行如隔山，許多前輩猶停留在一、二十人編一個副刊的黃金年代裡。副刊編輯應付的瑣事，難以備載，偏要自討苦吃，花樣百出做專題，配合社會議題、農曆節氣、西洋慶典、文豪逝世若干年，甚至有時到了愚人節，還要搞笑自愚愚人，何必呢？

我心中的理想副刊，是海；就算今日報業萎縮，讀者減少，成不了恣肆汪洋，至少必須是江河，有波瀾，有激流，因此編輯需要盱衡局勢，扣緊社會的脈動。永遠守株待兔的結果，這個園地，慢慢會變成魚缸。慣於主動投稿、而且在這一群編輯的美學觀點下作品合宜刊登的作家，必定是不斷重複、重複，久而久之，水，愈來愈流不動，便會成為魚缸。但副刊編輯面對的，不應該只有作家，還有讀者。企畫專題，一是回應這個時代、社會、生活；同時，思索恰當的執筆者——他們往往在作家身分之外，各有專業，各有興趣，有的是副刊的「老面孔」，有的與副刊若即若離，有的甚至從未打交道，而副刊必須借這個機會去打交道。

守株待兔很安全，大致不會出錯。專題有時是爭議性的話題，便可能擦槍走火，甚至被火紋身。做了十七年副刊編輯，我當然有經驗。剛進聯副不久，便遇上聯副受文建會委託評選「台灣文學經典三十」（一九九九）引發的爭議。那一次的爭議，在我看來，政治性遠大於文學性。近幾年聯副遇到最嚴重的爭議則是所謂「神話事件」。原是一個討論「文學獎」的專題，邀約兩岸四地作家（包括馬來西亞）探討這個議題。鍾怡雯應約而寫的〈神話不再〉中牽涉對於文學獎的機制、愛滋病治療的認知、散文可否虛構等等議題，引發一連串的討論。發生當時，我的確焦頭爛額。文學獎操作的規範（如主辦單位可不可以向作者求證他的隱私？）在爭論中被完全漠視，而這是鍾文想探討的初衷之一；散文虛構問題，是文學議題，我認為無標準答案，這個議題後來由黃錦樹點火，在人間副刊又精采引燃了一次。近日田中實加假冒灣生事件，讓我們再度思索，「一切創作皆為虛構」的說法，真能無限上綱？我更在意的，對於愛滋病的治療發展，鍾文確有誤解。我的心態很坦然，有誤解，就面對，除了當時刊登多方意見，事後，長期關切——到去年「世界愛滋病日」，再邀同志牧師歐陽文風撰寫特稿。我想檢驗人的一貫性需要時間，檢驗一份刊物亦如此。我有信心，也有耐性。但此事之後，是否影響聯副的編輯方針、態度，而趨保守呢？我想沒有。回頭來看，甚至覺得有爭議，總強於一灘死水，無人理會。爭議未必是壞事。

就再以「我們這一代」專題為例。二〇一三年的青年節，聯副做過一個「新青年專輯」，邀請不同世代彼此對話。當時羅毓嘉一篇〈青年為什麼憤怒〉便曾創下極高的點閱率及大量社群網站的分享，展現當下青年噴薄而出的話語能量。我想起我剛入社會那年，政治解嚴的前夕，司迪麥廣告靠一句台詞打響知名度：「我有話要說！」我採訪一位知名導演，他說：「你們這些小鬼，整天我有話要說、我有話要說，我就說，你們說啊！看看你們能說出什麼來啊！」

當年的小鬼如今已來到人生的中年，而江山代有小鬼出。

二〇一四年三月發生太陽花學運。聯副刊登周芬伶、蔡詩萍兩篇長文，放在不定期推出的「時代之眼」專題對照互映。但二文畢竟是從外圍凝視，七年級世代有話要說，我們放在心上，這是去年決定空出一整個月版面，邀請二十餘位海內外七年級世代作家書寫「我們這一代」（二〇一五）的前因；此專題其實不限定作家必須著眼於世代論述，只是想給七年級作家一個專屬的舞台。那系列刊出後，回響出乎預料，更有其他年齡層的作家躍躍欲試，於是陸續向不同的年齡層「世代交替」了。

二〇一六年聯副最重要的專題是「劫難文學大教室」，從納粹、赤柬、黑奴、盧安達到南京大屠殺。回顧浩劫，凝視傷口，直面人性的邪惡、野心家的操弄，自古文學界對於歷史的省思，從不缺席。

有些專題是持續綿亙的，前段提到的「時代之眼」如此，關懷環保、動物權的「文學的社會事件簿」也是重要的長期欄目（按：在繽紛版納入副刊組之後，這些議題慢慢移至繽紛版來主導）。

而在這個沒有大思潮、大主義的年代，作家各領風騷——三、五年？十三、五年？三、五十年？我們且把焦點放在作家個人身上吧。於是規畫各種凸顯「作家」的專題形式。例如邀請創作力正豐沛的作家與讀者對話的聯副「駐版作家」、每月兩位作家紙上對談的「文學相對論」，都是在這個企圖上發展出來的。而駐版作家專輯，還搭配攝影、錄音，為作家製作slide show放上部落格，長期累積下來，應可成為珍貴的文學資料庫吧。

話說回來，老在「如火如荼」進行各式專題，那麼作家個人安靜的創作，何處發表？編版，猶如樂章的行進，快板、慢板、小步舞曲、快板……反覆，變奏，這整個節奏感的掌握是對主編的考驗。倒是本文一開始提到資深作家的「不滿」，原來是我多慮了。一個月後，稿子來了，作家審慎改稿數周才終於出手，他來信還提到五年級世代專題中某篇文章給了他一些啟發，對我而言真是峰迴路轉的驚喜回響啊。

數位匯流

◎許多潛伏網海的優秀書寫者浮出水面。對我而言，文學遊藝場，像是網路與副刊這兩個平行宇宙間，一個交會流動的出入口。

與我同屬五年級世代的作家何致和在〈一起長大的朋友〉（二〇一六年一月二十二日）一文中，說電腦真正普及用於日常生活，是一九六〇年代，「算起來，是五年級生」，而他細數自己跟電腦一起長大的歷程，從小學時代的電子乒乓、打磚塊、小精靈，一路玩到任天堂，高中就擁有自己的電腦——雖然是用來玩電動！以致後來還擁有自行組裝電腦的本事，真使我肅然起敬。像我這樣典型五年紀世代「中文系」的女生，從前從前，我以為自己一輩子都不會跟電腦發生關係。

我的「雜誌編輯」年代，雖然是擔任文字編輯，但熟稔於自行貼版，那時做版是照相打字，刪稿、改稿，不敢勞動大牌的美編大叔，都是自己小心翼翼撕下來，割開，貼回。電腦打不出來的字，自己從舊雜誌裡挖字，細心拼湊組合。而後，我的「報社記者」年代，每日發稿，手寫在報社專用的稿紙上。報社分工細，不像雜誌社編採合一；記者寫完之後下班，編輯怎麼處理就不關記者的事了。那時的稿子，我想應該是電腦排版，不是撿字排版印刷了。我的字不算太草，對打字、校對及編輯已經算仁慈；那年代他們都有特異功能，能夠辨識草書、天書、鬼畫符！

一九九一年，我離開媒體工作到洛杉磯南加大念碩士，報告、論文都必須電腦列印，我這個連打字機都沒有碰過的人，忽然進入電腦時代，還好周遭有一大票來念電機、電腦的同學相助，靠著一指神功，終於也混過去了。那時用的文書軟體，還記得是PE2，得記憶許多指令。

回到台灣後，我回老東家（《中國時報》）看同事，發覺記者們已有人攜帶手提電腦，頗感新奇。我開始了小說的創作，先是手寫在稿紙上，然後以打字謄寫，一邊改稿，慢慢地，就直接打字，不到幾年，面對稿紙反而寫不出來了。

在家待產、帶孩子的三年多中，我與社會脫節，也跟電腦的日新月異脫節。這幾年中，E-mail風行，Microsoft Windows作業系統襲捲世界，成為全球性的大家庭，而我，除了用以寫作，什麼也沒跟上，電腦不過是一個可以儲存檔案的打字機罷了。

一九九九年我重回就業市場，進入聯副。那時報社記者已普遍使用電腦，但作家們用電腦寫作比例不高，主要稿件都是紙本郵寄。我每天一進辦公室，第一件事就是拿起剪刀拆信。起先編《世界日報》副刊，邊拆信邊欣賞信封上來自世界各地的郵票，漂亮的就剪下來，還因緣際會集了一陣子郵票。然而短短兩、三年之間，數位科技以勢如破竹之姿狂襲媒體業。二〇〇〇年，《聯合報》成立UDN（聯合線上）公司；內部公文全面E化，同仁們分批上課，年輕人教導資深同事，來幫忙修電腦的工程師，愈年輕的愈被信賴，世界一夕翻轉。我在座位上聽見義芝主任練習操作電子公文喃喃自語說：「出手之前，要先ㄩˋ覽……」我心想：這個主任愛說笑，還御覽呢！等自己上電腦操作一遍，喔，是「預覽」！

《傷心咖啡店之歌》從網路紅回紙本，痞子蔡、藤井樹網路小說爆紅，我在外頭座談、評審，開始被學生問道：「妳對網路小說的看法？」我的答覆始終沒變，網路只是載體、傳播路徑，就作品內容來說，並沒有先天的原罪或優勢，未來，當愈多的文學菁英把他們的精力放在網路上時，就會是它開花結果的時候吧。

二〇〇九年，聯副製作了一個「網際網路四十年」的年度專題，編按如下：

在蘇聯發射第一顆人造衛星時，美國國防部成立了先進研究計畫署（Advanced Research Projects Agency，簡稱ARPA），希望將先進科技運用在戰略上。一九六九年開始布署ARPANET（NET即network）；同年九月，在UCLA大學設立第一個節點（node），這是網路的起源。

四十年間，網際網路從國防、學術，走向商業，至一九九四年ARPANET歡慶二十五周年時，網路上已經變得五光十色，遠非當年為國防之需而研發的網路技術所能預料；今年九月網際網路邁向第四十周年，二十一世紀的生活地景已經有了翻天覆地的改變！

到今年六月三十日為止，全球上網人口高達十六．七億，占全球人口的四分之一……

那是二〇〇九年，現在的情況又如何呢？今年（二〇一六）五月，國際電信聯盟發表的數據：「今年底全球上網人口可以達到三十二億人，目前全球總人口大約為七十二億。」恰好約是七年前我做專題時的兩倍。而「全球手機、平板等行動裝置的數量到年底也將超越七十億個」，「歐美兩地每一百人當中就有七十八個人使用行動網路，全球有百分之六十九的地區可以使用 3 G 網路」。「網際網路」已趨近於「人際網路」。

數位科技以前所未見的方式改變這個世界。那麼副刊如何因應這個趨勢？從我接手聯副（二〇〇七），正是《聯合報》邁向「數位匯流」的新世紀。面對網路所帶來全新的生活地景，二〇〇八年十月，我們開設了「聯副文學遊藝場」部落格，嘗試在紙本副刊之外，另闢園地，陸續舉辦遊戲性格濃厚的網路徵稿，包括龍頭鳳尾詩、隱題藏頭詩、標語詩歌、復仇小說、車票詩、十字小說、武俠極短篇、便利貼告白詩……種種活潑的徵文活動。這些過程，令我這個過去只把電腦當作打字機的新石器時代人種大感吃驚。在無獎金為誘因下，每期徵稿動輒上千人次參與，印象最深刻的，「十字小說」（二〇〇九年十月）來稿竟高達八千餘件！而且選出的作品水準之高，至今我還經常拿來當作寫作課的教材。我第一次接觸到早逝作家葉青（一九七九—二〇一一）的作品，也是在遊藝場的徵文裡遇見。二〇〇九年八月的「車票詩」

徵選，葉青寫了〈哭站到笑站〉，使我記憶深刻：

風景都是錯的
風景都是錯的
風景都是錯的

這種由副刊主導，文學場內的界外玩法，讓我看到許多潛伏網海的優秀書寫者浮出水面。對我而言，文學遊藝場，像是網路與副刊這兩個平行宇宙間，一個交會流動的出入口。

又過幾年，臉書興起，每一個愛好文學、且喜歡在臉書上分享（轉載）作品的臉友，都像是一頁個人副刊，人人都是主編（只是不發稿費）。這情況對副刊，是又一衝擊／打擊嗎？我倒不這麼看。人人上網，不買報紙，網路媒體的營利模式如何建立等等大問題，不在此文討論的範疇。我想說的是，臉書便於「分享」的特性，固然造成一有爭議爆發，迅即延燒，讀者的反應常常尖銳、不留餘地，也不免有偏頗，處理稍有閃失，主編是無處躲藏的；即便見仁見智的議題，還是令主編如坐針氈，但好文章卻也能因此快速擴散。寫作、編輯，最後的目的不就是面對讀者嗎？大千世界，好文章是源源不絕的。就像二月分（二〇一六）刊載了王鼎鈞五百字小品〈靈感速記1〉，作家廖玉蕙眼尖，馬上在臉書上分享，得讚一千多枚。一周後，我從E-mail信箱收到席慕蓉、隱地兩位作家來文致敬，並在聯副上刊出回響。一篇小品，多位作家讀出其中人生況味、深刻哲思；而見寶刀更上一層樓的無限歡喜，英雄們所感皆同。但相較之下，臉書的反應，真是暢快啊！

副刊家族

◎在我心中，聯副、繽紛、家庭，是三足鼎立的關係，菁英性格、庶民性格，再加一點婆婆媽媽，有時互補，有時交融。

認識新朋友的時候，遞上名片，對方見我任職聯副，為表示友善，常讚美《聯合報》的副刊，說他是忠實讀者；但若多聊幾句，有時發現對方所指的副刊，其實泛指繽紛、家庭與婦女版，而不是狹義的「聯合副刊」。我當然欣然「概括承受」，倒也不是好話不嫌多、有意掠人之美，事實上在我接聯副主任（民國九十六年八月）前後，九十四年九月，「家庭與婦女版」納入副刊組，九十八年三月，「繽紛版」也納入，現在這些版面都是副刊組的任務，也是我每日必須閱讀簽字的版面。換句話說，除了時事評論性質的「民意論壇」之外，《聯合報》大致所有非記者報導，開放大眾投稿、向作家邀稿，必須「付出稿費」的版面（賠錢貨也），都在副刊組旗下。而繽紛與家庭因為屬性接近大眾，較之聯副可能擁有更廣大的讀者群。也有人口中所說的副刊，甚至連醫藥、影劇等等所有「軟性」版面都含概進來，那些就真的不關我的事了。

家庭與婦女版顧名思義針對家庭、婦女議題，另有說法，就是「婆婆媽媽」。「婆婆媽媽」的話題，婚姻故事、親子問題，深受婦女喜愛，長年是《聯合報》軟性版面中的一大特色。我在捷運上，有時看人手中正拿著《聯合報》閱讀，最常見到的便是家庭與婦女版，這個版只有半個版面，車廂中手持此版，不會影響旁人。我曾見人把此版折疊成方塊，一坐下便從包包裡拿出來看，訝異的是，那讀者還是位男性，我很好奇，想要偷看他讀的是哪篇文章、什麼題材。從家庭版的議題，很容易看到台灣社會「家庭」面貌的變化；隔代教養、性別、教改、新住民課題，在這些年裡大量湧現。

而一般人提到「第二副刊」，更往往專指「繽紛版」，其他報紙有類似相應的版面，在《中國時報》是「浮世繪」，在《自由時報》是「花編」。這些，大致都是報禁開放後的產物。民國七十七年元月一日，報禁解除，《聯合報》由三大張增為六大張，家庭與婦女版、繽紛版皆自當日問世。

繽紛版有別於傳統文學性的副刊，走生活化、趣味性的路線，創刊後迅速崛起。這個以素人作家為主力的版面，以一則則感人、幽默、溫馨的生活小故事紓解人們的憂愁與壓力，擁有大批「死忠」讀者，至今仍保持充沛的活力。

但我曾聽到一個「傳說」，不敢向當事人確認真假。在某年國藝會獎金申請案裡，一位資深作家否決了某案，理由是該案申請者，那位年輕作家的文章經常在繽紛版出現，不是嚴肅文學作家。如果此說為真，我很遺憾自己不在現場，無法當面請教：一個作家不能同時寫作所謂「純文學」與「通俗文學」嗎？幽默、溫馨的散文、小品，不可以納入「純文學」嗎？（幽默，是一種人生境界啊！）「文章出現在繽紛版」便不可能是態度嚴肅（不是文章嚴肅）的創作者嗎？

再來檢視一下，為什麼近年會有很多「作家」的名字出現在繽紛？繽紛版在納入副刊組之後，是有很大改變的。民國九十八年三月繽紛版由江湖上號稱「小熊老師」的詩人林德俊接編，大刀闊斧在一年內完成繽紛版的轉型，轉什麼型？努力擺脫讀者老化、吸引年輕世代。比如推出「校園超連結」、「校園夯話題」鎖定青春題材，開設「繽紛超連結」部落格，舉辦「校園故事王」選拔等等活動。

而在高齡化、少子化日益明顯的人口趨勢下，寵物一族抬頭，動物故事儼然成為繽紛版的新招牌。此外，地球村年代，國人旅外、異文化經驗普遍，加上兩岸人民互通有無密切，這些特質也都反映在繽紛版的旅遊見聞文章上，尤其諸多青年壯遊的感動，勾勒出新時代好青年的樣貌。

整體而言，繽紛版從林德俊到民國一〇三年十二月接編的譚立安以來，在維持正向思考、分享生活故事的精神基礎上，轉守為攻，透過企畫性欄目擴大題材面向，特別是性別平等、關懷弱勢、友愛新住民、親愛動物、友善土地這幾大課題。這些作為，使得繽紛在輕鬆易讀的大原則下，悄悄地植入了一份刊物的理想性。要把理想性寫得深入淺出，往往還須借重作家手筆，因此在素人作家為主流的版面上，也看到了不少專業作者的名字。

作家向陽有一篇「第二副刊」的研究論文〈繽紛花編繪浮世：報紙「第二副刊」的文學傳播取徑觀察〉（《文訊》雜誌，民國九十年八月號），結語說：「進入二十一世紀之後，台灣報業在經濟景氣不振的氣溫之下，已經進入寒冬，市場競爭更加嚴酷而激烈，『第二』副刊可能逐步取代『第一』副刊而存在於報業媒體之上，扮演更重要的角色，掌握同時型塑或領導台灣的大眾文化。而『第一』副刊甚至可能逐漸消失於大眾報業之中……」然而，十五年後驗證，率先消失的是「浮世繪」（民國九十七年八月一日起停刊），而繽紛版、花編倒也並沒有取代聯副、自由副刊。提到這個預測，絕非打臉之意，未來還很長，只是目前來看，這是耐人尋味的發展。

在我心中，聯副、繽紛、家庭，是三足鼎立的關係，菁英性格、庶民性格，再加一點婆婆媽媽，有時互補，有時交融，合起來，便是一個多元、多姿多采的副刊家族。

而自民國一〇三年二月起，《聯合報》在每周一新增半版（D2版）的聯副「文學相對論」，每月邀請兩位作家紙上對談。

這個版放手讓作家自由對談。從個人成長，愛情，親情到生老病死；從山水，旅行，運動到種種癖好；從文學，教育，社會，宗教到時勢的針砭……無所不談，無所不論。所有議題，尊重作家的選擇，筆觸清、甜、酸、辣，任由作家表現。這個版，高度凸顯作家的個性，默契好的對談作家，甚至相互扮演刺探者，逼出對方深藏的祕密，激盪出精采刺激的火花；引起的關注，有時更在聯副本版之上。截至一〇六年一月，已有四十八組作家在「文學相對論」上針鋒相對，頡頏演出。這已是聯副一塊新招牌；一〇六年二月起，將擴大為全版，在B4版登場。

一〇五年七月分開始，《聯合晚報》改版，每周六增設了「聯晚副刊」，也是由副刊組企畫製作。開版首半年以「今天不談文學」之名向作家廣邀寫作之外的「第二專長」或生活經驗。駱以軍寫來〈狗日子〉，廖玉蕙寫來〈不停地說話〉，請管管寫繪畫，許悔之寫抄經；農曆七月則有楊富閔寫廟會〈歲次庚午的鬧熱〉，陳克華寫醫院傳奇〈陰陽眼醫師奇遇記〉，算是神鬼交鋒！一〇六年上半年，則以「幸福紀念日」為題徵集幸福散文。副刊家族又多了一名活力四射的新成員。

最享受的事

◎那一年繆思的星期五開場，主持人陳義芝說：「將來大家會記得，在二十一世紀，台北有一個美麗的文學景點，帶動了文化的動能。」

朗誦會前，照例與作家在「孫運璿科技・人文紀念館」的咖啡館用餐。這場是甘耀明、李崇建朗誦，王聰威主持。耀明問我：「學姊妳還親自出席啊？」當然要來啊，我說：「我來聽朗誦會，是享受耶。」說完忍俊不住，大夥嘲笑：「講到會笑出來，一聽就很勉強啦！」我想笑，是因為這句話聽起來真的太像場面話了，但其實，是千真萬確的真心話啊。把真心話說成了場面話，因為面對的是兩位我心裡偏愛、且引以為傲的自家學弟，我說過了，我這人怕肉麻！

不是只有這一場，每一場的文學沙龍，只要我人在台灣，絕不缺席。周五是副刊組最忙碌的一天，我很少接受星期五的邀約，六、日不上班，「聯副家族」加起來，每個星期五我要看十幾塊版。但文學沙龍慣例在星期五夜晚舉行，每月的這一天，只好請同事們早早趕版，讓我準時赴會，有時聯副還大隊人馬結伴去「享受」。

文學沙龍已經成為聯副的傳統了，我非常珍惜。它最初的緣起，是民國九十四年五月十四日下午舉辦的一場「聲情之美：作家的生命故事」朗誦會。那是第一屆「台積電青年學生文學獎」徵文舉辦的系列活動之一，由聯副、台積電文教基金會與台北故事館合辦，邀請的朗誦者包括小說家黃春明，詩人席慕蓉、向陽、陳育虹，散文家阿盛、廖玉蕙、簡媜，以及《聯合報》總編輯黃素娟、台積電文教基金會祕書長郭珊珊、台北故事館創辦人陳國慈。我記憶深刻，因為我是那場活動的主持人。原來朗誦會可以時而笑聲不斷，時而進入不可思議的神祕時空，原來朗誦可以不肉麻。

這場朗誦會讓三個主辦方感到意猶未盡，聯副當時主任是陳義芝，他與台積電郭珊珊、故事館陳國慈商議，策畫了後來的「繆思的星期五——文學沙龍」，每個月第三個星期五晚上七點半在台北故事館舉行。每月邀請二至三位作家朗誦，由台積電贊助費用，故事館提供場地，聯副規畫、邀請，事前整理朗誦文本、編印手冊，活動時提供民眾自由索取，會後刊出報導。現場還備有作家的出版品，方便讀者購買、請作者簽名。

九十四年九月十六日由余光中、舒國治、幾米拉開文學沙龍序幕，我擔任第一年度的每場記錄，因此可以說是最專心的聽眾。那晚人潮眾多，故事館容不下，在戶外庭園舉行。那是中秋節前兩日，清朗的明月貼在夜空上，故事館陳國慈總監指著身後的都鐸式老屋說：「今天最高興的就是它！」秋夜裡，有蛙鳴唱和余光中的「蛙聲沉了閣閣……」。有飛機劃過上空，為舒國治「我在台北遊盪」劃破折號。幾米的朗誦配合一頁頁《地下鐵》畫面，布幕隨著微風輕輕搖晃，像兒時在村口廣場上看電影。

我和許多作家這幾年裡在故事館這幢「老房子」相見，至今記得他們的聲音，唸誦的表情，特別是「老作家」們。記得善於說鬼的司馬中原老師一上台，「歲月是一把無形的鍥刀……」台上飛來一隻橘色的蛾；他二度上台，那蛾又從講台後飛了出來，非常魔幻。

記得那年歲末，瘂弦「鹽呀，鹽呀，給我一把鹽呀！」唸活了二嬷嬷的形貌，那忽高忽低、一疏一緊的唸白，如書法之筆，刻畫苦難的形象。

隔年一月，鋒面來襲，小雨中台北故事館擠滿了人，楊牧唸誦我們熟悉的〈時光命題〉：「老去的日子裡我還為你寧馨／彈琴，送你航向拜占庭……」聽眾陶然，如醉如癡。

二月，故事館一樓擠得水洩不通，得在二樓開放視訊，周公（夢蝶）來了！那次主題，我們隨意定了「戀人」，周公便說起「戀人」，一說說了一個多鐘頭！而文學，是那小屋裡所有人共同的戀人。

三月春天到來，邀請詩人商禽，他一上台便說：「在這禽流感蔓延之際，我還以為大家不會邀我出來！」一片哄笑中，他念著「守著海浪守著夜，守著沙灘守著你，守著河岸守著你，我在夜中守著你……」他說當年暗戀一個女生，想寫一首溫柔的詩，從春天寫到了秋末；他邀請聽眾陪同他一起反覆唸誦：「守著你——守著你——」四年後，在商禽老師的告別式裡，我腦海猶然回響著那一夜，彌天蓋地迭宕反覆的相守餘音……

當然不會只有「老作家」，朱天文朗誦《荒人手記》的片段，唸誦其中誓言相守、死生契闊的幸福與哀涼；平路含著淚光娓娓唸出深情女兒面對父親老去的〈此生緣會〉；楊照請大家「忍耐」，他以小說主角小女生的口吻唸出〈一九七一〉的情節，觀眾卻在莞爾傾聽中動容了。

不僅詩文朗誦，這裡還有歌聲，管管、辛鬱、碧果、陳雨航、張小虹、陳克華、郭強生、楊小濱、宇文正……都曾在這裡留下歌聲。而邀請的主持人功力都可以站上小巨蛋了，陳義芝、楊照、郭強生、許悔之是聯副基本主持班底。

我還記得那一年繆思的星期五開場，主持人陳義芝說：「將來大家會記得，在二十一世紀，台北有一個美麗的文學景點，帶動了文化的動能。」這個美麗的文學景點，在每個月第三個星期五的晚上點亮一次（其間民國九十八年十月至一〇〇年八月，由於故事館納為花博會的展場之一而停辦），至一〇四年一月十六日的第八十五場，隨著陳國慈總監告別故事館畫下句點。超過兩百位作家的聲音、笑語，連同這幢老屋的身影，連同偶爾劃過夜空的航音，必然銘刻在聽眾們的心版上吧。

我和現任台積電文教基金會執行長許峻郎從未放棄續辦文學沙龍的想法，積極尋求新的合作單位，讓神奇的繆思在他方延續。一〇四年五月二十九日，「星期五的月光曲——台積電文學沙龍」在孫運璿科技．人文紀念館開張，每個月最後一個星期五，邀請兩位作家朗誦，同樣特邀一位作家主持。「固定班底」之外，我們擴大想像力，邀廖玉蕙、駱以軍、蔡逸君、王聰威……輪番上陣，展現「風格化」的主持，大力開發作家們的「第二專長」！

這一年來，刻意配合聯副近年新闢的「文學相對論」，邀請當月對談的兩位作家，到文學沙龍裡現身朗誦。我把這做法視為平面副刊的「立體化」行動，讓正在紙上交鋒的作家，到沙龍來與讀者面對面。

由於新場地交通更為便利，「星期五的月光曲」吸引更多的舊雨新知，風雨無阻前來——聆聽作家朗誦自己的作品。

「是享受耶。」我想他們都會這麼說。

極短篇與聯副

◎這是一場小說的極小化實驗，網路時代裡，更便於在手機上閱讀，是否可能成為新一波的全民寫作呢？

台灣的副刊，長年以來與作家之間關係深遠，尤其過往，大部分的作家是等到所有作品見諸報端之後才「結集」出書，作家作品充實了副刊園地，副刊也擴大了作家的知名度，二者之間相互影響自不待言。但如果就一個文體來說，大概從沒有一種文體如「極短篇」，與副刊，尤其是聯副有這樣深厚的淵源。

一九七八年二月十五日，瘂弦主編的聯副首度推出極短篇徵文，編按如下：「極短篇是一個新嘗試，希望以最少的文字，表達最大的內涵；使讀者在幾分鐘之內，接受一個故事，得到一分感動和啟示。」在此之前，報刊多以「小小說」之名，《中華日報》副刊也曾推動過；日本稱「一頁小說」或「掌上小說」（二、三〇年代曾流行，以川端康成為最主要健將），大陸則稱「微型小說」（手機流行後，大陸發展出以手機為主要傳播平台的六百字以下小說，稱「閃小說」——Flash Fiction）；「極短篇」成為台灣普遍認同的這一新文體名稱，得力於聯副大力推廣，不但以此欄名長期徵文、結集出版，且在一九七九年的「聯合報小說獎」附設了極短篇小說一項，吸引大量作家投入創作。「聯合報文學獎」附設的極短篇小說獎，在二〇〇〇年第二十二屆止步，到二〇一二年第三十四屆恢復徵件，二〇一四年起「聯合報文學獎」轉型為「聯合報文學大獎」而停止。關於「文學獎」，將另以專文探討。早年的極短篇小說獎，以一千五百字為上限，二〇一二年重新恢復此獎，則以一千兩百字為上限。

二〇〇一年三月，聯副推出了「最短篇」徵文，稿約說道：「聯副長期徵求比極短篇更短的『最短篇』，每篇不超過二百字，要有角色、有事件、有衝突、有結局，總之須是小說，這一點很重要。歡迎挑戰自己的靈感與創造力。」到同年七月的徵文編按，則放寬為三百字以內。

副刊常見的小說愈來愈短是不爭的事實，聯副曾有過令讀者每日追隨的長篇連載美麗時光，但在一九八〇年代後期，痖弦便已開始面對版面、讀者的變化，到二十一世紀，報紙的樣貌早已不可同日而語。字體放大、圖像地位上升、留白增多，尤其副刊編排，插畫精采、賞心悅目，然而昔日副刊全版約一萬餘字的內容，至今日不到五千字，每日字數容載量不及從前的二分之一，還常有讀者來電抱怨，說字體太小！看來，這整個時代人們的視力都退步了。

登不了長篇登短篇，極短篇，甚至最短篇。不過，極短篇從文學獎裡消失，並不是版面限制的問題，副刊版面字數減少，最直接衝擊的是中、長篇小說或是長文連載，千餘字的極短篇，仍是求之若渴的。也不是為了節省經費，報業受到衝擊主要是在二〇〇三年之後的事，其實二〇〇〇、二〇〇一年這兩屆「聯合報文學獎」，取消了極短篇，卻反而增加經費增設「大眾小說類」（二〇〇〇年徵愛情小說，二〇〇一年徵武俠小說）。問題主要還是這個文體本身的流變。

在陳義芝為聯副《最短篇》合集（二〇〇三年二月，寶瓶文化出版）編者序中便提到「《聯合報》副刊在極短篇專欄和極短篇文學獎的鼓舞下，豐收十餘年後出現疲態，作品結構套式一再的因襲，限制了小說對人生寬度的透視……」，疲態，才是極短篇盛極而衰的最主要因素。

極短篇篇幅短小，易於模仿，這是流行一段時間後容易出現疲態的主因。常見的極短篇形式，大致跟隨兩種路數，一是歐・亨利（O. Henry）模式，另一則為川端康成模式。歐・亨利的名篇如〈聖誕禮物〉（*The Gift of the Magi*）、〈最後一片葉子〉（*The Last Leaf*），最大的特色便是結尾有令人意想不到的扭轉，但那扭轉，那意想不到，是透著光，帶著溫度的。那一點點的光，撒在黑色天幕上，便有了煙火般的絢麗，短短的篇幅，卻有著救贖人心的力量。寫極短篇，若只念茲在茲追求顛覆性的結尾，只是學了歐・亨利的皮毛；而結尾必有意外，也就不「意外」了。

川端康成的極短篇（掌上小說），常被評說帶著詩意，楊照認為那樣的小說「有賴於作者或敘述者一種特殊的天真，以及從天真中生出的浪漫感受，這是最接近詩的地方。」（二〇〇九年十月十日聯副），我認為這種天真，比歐・亨利更難模仿。以川端的名篇〈化粧〉、〈仇敵〉為例，皆從男性敘述者對女性的無法理解，而表現近乎浪漫的詫異。這種詫異，確如楊照所說：「出於天真，所以看到不完整、片段的人間與世界……引發模糊、朦朧卻強烈的感官反應。」這一類型的小說，刻意模仿，更容易流於東施效顰。

靈光乍現的美麗靈魂不能常常窺見，特殊的天真更是轉瞬即逝，也因此聯副推動了一段時日的極短篇集體現出了疲態，而有了二〇〇一年開始徵求「最短篇」的構想，主編陳義芝稱此為「文學的奈米實驗」。「最短篇」起初也廣邀作家撰寫，令人眼睛一亮，在這本《最短篇》合集中名家輩出，黃春明、袁瓊瓊、黃凡、袁哲生、張曉風、蘇偉貞、駱以軍、蔡逸君……名單極為壯觀，但徵文兩、三年後便又後繼乏力。至二〇〇八年前後，文壇新人古嘉、晶晶、蔡仁偉等新秀持續筆耕，聯副大量鼓勵、刊載，這個文體又一度復活了起來；以專寫「最短篇」晉身作家行列，甚而出書者，晶晶是第一人（《晶晶　亮晶晶——晶晶最短篇》，二〇一〇年六月，爾雅出版）。

兩、三百字篇幅，極簡的敘事，這樣的文體，不能只看作極短篇的縮減，它有時的確接近極短篇小說，但把角色、事件、衝突、結局等小說元素，部分隱去了，留下想像、讀者自行補足或自我投射的空間；有時靠近詩，是有戲劇性場景的詩；有時甚至接近相聲舞台劇，可直接做為相聲裡最亮眼的哏。最短篇有最短篇的美學。

瘂弦在〈極短篇美學〉一文裡說「極短篇」是「尺幅千里、須彌芥子」的文學競技；聯副再度實驗這須彌芥子的可能，二〇〇九年聯副「文學遊藝場」在聯副部落格上徵求十字以內的小說，得稿高達八千餘篇，駐站作家李儀婷稱此為內容「從愛情到人類史」的驚人徵文。十字小說，小說元素隱去的部分更多，留下的投射空間更大，每一則都是人生的不規則結晶體。就以我印象最深刻的這篇筆名猴子的〈人類史〉為例：

牠直立後等海平面上升。

這篇十字小說，除了時間的跨度，且包含了生物學、人類學、環境科學的概念，而其標題、內文與讀者想像力之間的互動，展現了十字以內的小說亦可有的局面。

這是一場小說的極小化實驗，網路時代裡，更便於在手機上閱讀，是否可能成為新一波的全民寫作呢？目前未曾看到。不僅短小說，也有人以為網路時代將是短詩盛行的年代，卻並沒有發生。關於網路閱讀的學問，還待有心人詳加研究。

至於前面提到「極短篇」的疲態，此一時也，彼一時也，這兩年，做為長期極短篇推手的聯副，又有名家重現江湖——鍾玲極短篇，大約每月一篇，意境靈秀，風格強烈。極短篇，仍有可為！

文學獎

◎文學獎的意義，當年還不僅在於拔擢新秀、培養作家，也成功扮演了突破言論尺度、意識型態、挑戰禁忌、衝出社會常軌的先鋒。

某次台積電青年學生文學獎的座談會前，我站在接待檯附近等候，聽見幾位年輕作家聊天。不知誰問了朱宥勳：「你是不是也得過懷恩文學獎？」陳柏言打斷：「拜託，不要去汙染人家！」我差點噗哧一聲笑出來，稍微走開去，那是年輕人的世界，他們的幽默方式，我還是別在裡邊裝熟。戰神與懷恩散文，嗯。

會讓人混淆，是因為台積電、懷恩都是聯副與企業合辦的文學獎，台積電是專為高中生舉辦，懷恩則設有學生組，不少台積電的得主，接著得到懷恩文學獎，陳柏言、詹佳鑫、劉雅郡、吳睿哲都先後得過此二獎。這些獎，使我們有機會跟極年輕的作家交會。

「文學獎」在台灣，與聯副淵源深厚。民國六十五年二月至六十六年九月，馬各二度執掌聯副，其間最具開創性的作為是於民國六十五年創立了「聯合報小說獎」。當年是為紀念《聯合報》創刊二十五周年的發想，此舉首開國內報界以巨額獎金鼓勵創作風氣的先河，影響深遠。

「聯合報小說獎」力求透明、公正的評審機制，樹立國內文學獎的評選模式，次年《中國時報》跟進，之後，參加兩大報文學獎可說是新銳作家進入文壇的重要途徑。如朱天文、朱天心、小野、吳念真、洪醒夫、李永平、袁瓊瓊等小說名家皆曾於「聯合報小說獎」初期奪獲殊榮。也有成名作家如七等生、鄭清文等響應主辦單位號召成名作家共襄盛舉。

除了鼓勵新銳作家，評審群囊括一時重要的評論家、作家，也成為文壇結構鮮明的指標。評論家王德威在《聯合報》五十周年出版的《時代小說》（民國九十年）序文中說：「一座獎不但是項榮譽，也是種文化資本。當運作得宜時，這座獎啟動了價值循環。受獎者固然得到象徵與實質的肯定，最大的贏家是頒獎者。」

在第四屆「聯合報小說獎」（民國六十八年），從原有的短篇小說獎項，增設中篇小說、長篇小說、極短篇小說等項目；第八屆（民國七十二年）增設散文獎。民國七十四年至七十六年停辦三屆，七十七年恢復舉辦，且擴大面向，以「鼓舞全世界中國人，開創文學新紀元」為標竿，除各類小說創作獎之外，設「大陸地區短篇小說推薦獎」，該屆得主即在二〇一二年獲得諾貝爾文學獎的小說家莫言。民國七十九年再增設「報導文學獎」；直到民國八十三年（第十六屆），徵文種類含括了長篇、中篇、短篇、極短篇小說及新詩、散文、報導文學七類獎項，並更名為「聯合報文學獎」，獎金總額提高為新台幣二百萬元。當時《聯合報》與報系美加《世界日報》、《歐洲日報》、香港《聯合報》及泰國《世界日報》共同構建廣大的傳播網，成為全世界最重要的華人文學獎，那確是所謂報業的「黃金年代」。

文學獎的意義，當年還不僅在於拔擢新秀、培養作家，也成功扮演了突破言論尺度、意識型態、挑戰禁忌、衝出社會常軌的先鋒。例如擅長政治諷諭的小說家黃凡，陸續在民國六十九、七十、七十二、七十三年四度獲獎，又如平路影射陳文成命案的短篇小說《玉米田之死》（民國七十二年）、李昂女性主義里程碑之作中篇小說《殺夫》（民國七十二年）都在「聯合報小說獎」裡脫穎而出。這些在當時極具爭議性的作品，藉由文學獎的特殊途徑，在報社尊重評審、不介入的立場下，由學者作家背書、得獎而發表。於是，「圍繞著文學副刊的讀者、編者，以及透過這兩者長期以來相互默許的作者，遂於七十年代以降漸漸形成一個隱然無形，卻確然存在的共謀圈」；「文學獎在兩大報副刊主編瘂弦和高信疆的主持下有一個在日後看來意義重大的相同點：雙方都願意完全尊重每年一任、每任人選皆不固定的評審者最後的評審結果，而不必過分顧慮報體本身所擁有的政治立場及所承受的尺度壓力。此一評審制度的設計巧妙地發揮了另一波衝撞言論尺度的力量」（張大春〈當代台灣都市文學的興起〉，《四十年來中國文學》，頁一六九—一七〇，聯合文學出版）。這可能是創辦者始料未及的意外貢獻，卻真有奉天承運的歷史意義。

今日人們感嘆文學獎的影響力大不如前，一般歸咎於各式文學獎數量大增，稀釋了獎的珍貴性，我認為前述這個特殊的政治、社會氛圍已不存在，也是重要的因素。

舉辦文學獎，今日已成這個社會推廣文學廣泛運用的手段，從中央到各縣市地方政府、各校園，台灣有多少文學獎，已數算不清；「獎金獵人」、「割稻部隊」

之譏，或多或少貶損了得獎的榮耀；而有些作品，屢屢在各獎之間流浪，也令人省思過多同性質單篇作品的徵獎，是否反而使創作者迷失了創作的初衷？做為私人報業舉辦文學獎的先峰，聯副仍有率先回應時代變化的義務與企圖心。

其實早在十年前，陳義芝主任時期便已開始思考文學獎該是轉型的時候。然而捨棄一項重要傳統，不但必須審慎，感情上也有割捨之痛。直到民國一〇三年，聯副廣徵各方意見，終於將持續三十五屆的「聯合報文學獎」，轉型為第一屆「聯合報文學大獎」。

此獎為肆應新的文藝環境，集中資源，獎勵攀登高峰的華文作家，書寫有影響力的作品。評審團，每年（不固定）聘請海內外七位知名學者專家組成。評選方式是由七位評審主動遴選，各提名一位在過去三年之內曾出版文學作品的作家，文類不限，經評審團開會討論選拔出一位大獎得主。凡具中華民國國籍或曾經在台灣連續居留三年以上，且三年內有中文新作在台灣出版者皆具備被提名資格，獎金新台幣一〇一萬元及獎座一座。舉辦三年以來，得主是：陳列、王定國、吳明益。一個獎，總要一段時間，才能夠看出評審給獎的脈絡，其意義、成果也才能夠彰顯，至少十年吧，我盼望十年後，回頭來檢視「聯合報文學大獎」的成效。而每一年，每一屆，我們都將兢兢業業執行、思索如何使得此獎更為完備，發揮更大功能；並且像等待諾貝爾揭曉一般的心情，期待新的一位得主誕生。

附錄

另類文學獎

從民國九十三年開始，聯副以長期累積的經驗、文學資源，與外界合作，舉辦各式「另類」的文學獎項，主要包括：

與靈鷲山佛教基金會共同主辦「宗教文學獎」（從民國九十三年第二屆開始，第一屆與《中央日報》合辦）。此獎以「喜歡生命」為主題，鼓勵透過創作，安頓人心。至一〇二年共舉辦十二屆畫下句點。

民國九十四年與明日工作室，為紀念一生熱愛武俠文學的「科技遊俠」溫世仁先生，合作舉辦「溫世仁武俠百萬大賞」，以高額獎金鼓勵武俠作品。這個華人世界獨有的類型小說，每年竟都能徵得逾兩百部長篇作品，且佳作輩出。民國九十七年（第四屆）起，增設短篇武俠小說獎。來稿中，大陸及海外作品數量更在台灣之上，於是此獎民國九十九年開始，由明日工作室主導，跨海與大陸「中國武俠文學學會」合辦，建立兩岸合作的模式。可惜此獎在一〇三年，第十屆圓滿落幕之後，隨著台灣明日工作室業務的結束而告終。

民國九十五年聯副與懷恩慈善基金會共同主辦「懷恩文學獎」，強調書寫感人善行，彰顯人間相扶持的溫暖，希望能夠發揮文字的正面力量，激發善念，鼓舞人心。在九十九年第五屆的徵文中，增設「兩代寫作組」，鼓勵晚輩聆聽、探求長輩的人生經歷，以銜接時間斷層，使善念薪火相傳。這種由長輩口述歷史、晚輩執筆寫作的徵文，為文學獎中的創舉。每年皆收穫許多感動人心的散文佳作。很可惜，此獎在一〇三年第九屆收成後，由於衛福部社會與家庭署認為，「文學獎與基金會從事慈善福利宗旨不符應停辦」而停辦。公務部門的執行者，對於「慈善」意義的看法狹隘，不明白文字照亮人心的力量，有時更甚於金錢贈予，我始終對此感到遺憾！

民國九十三年，聯副與台積電文教基金會合辦「台積電青年學生文學獎」，以高中生為徵文對象，做文學扎根的工作，現已是全國高中生最重要的文學獎。至一〇五年已舉辦第十三屆，在短篇小說、新詩之外，從此屆開始增設散文獎，成為文類更全面多元的青年文學獎；也被譽為「最公平」的文學獎，因為只限高中生參加，每人一生只有三次機會，不會有所謂「獎金獵人」長年占據名額的問題。在徵獎過程中，且舉辦一系列座談會、作家進校園的巡迴演講，把文學帶進全台高中校園裡。少年十五二十時，是最佳的文學啟蒙、創作起手階段。這個獎以高額獎學金（短篇小說首獎三十萬元、散文首獎十五萬元、新詩首獎十萬元）徵選，把一群熱愛文學的青年迎入文壇，在此借用小說家駱以軍在某次贈獎典禮致詞時的比喻，《西遊記》中大唐皇帝送唐僧出行，陣容何等盛大，何等莊嚴，那是因為出行之後，才是磨難的開始啊！十三年來，台積電青年學生文學獎迎來了大批才華洋溢的文壇新鮮人，林育德、莊子軒、鄒佑昇、朱宥勳、趙弘毅、林禹瑄、盛浩偉、陳柏言……無法一一點名。每一年度聯副都會製作文學專刊，邀請歷屆得獎者發表新作，持續關懷、追蹤他們的發展。這個獎，令我們對文學的薪傳，始終懷抱樂觀的希望。

拜訪十年後的副刊主編

◎親愛的副刊主編，十年後，以我的生涯規畫，必不在這個職場上了。……而我是這樣一個無可救藥的樂觀主義者，我有信心，十年後，花園還在。

嗨，我來拜訪你之前，想起一個畫面。那天瘂公（詩人瘂弦）到報社來拜訪昌公（《聯合報》副董事長劉昌平先生），我被叫上樓去，陪老人家們說話。當然沒我插話的餘地，他們聊許多報業的天寶遺事，哪些人現在如何如何，沒幾個名字是我聽過的，我只好猛吃面前的水果。他們說話像撥慢了轉速的唱片，我放下叉子，偷瞄一眼瘂公，發現他盹著了，盹一下下，又能接上話，唱片兀自轉啊轉……

然後他們說起了副刊，我看見瘂公的眼睛一亮，精神上來了。他溫婉看著我，對現在的聯副讚美一番，雖然是溢美，但從他提到的一些作者、聯副新增的版面，顯然他仍然閱讀、關注著副刊。我頻搖頭：「跟您的黃金年代怎麼比啊。」他說：

「晚唐，也有晚唐的美，晚唐是非常絢麗的。」我笑說：「瘂公，我們這不是晚唐，根本是五胡亂華！」大家笑了。

從民國八十二年，行政院新聞局頒布《有線電視法》之後，有線電視台林立，二十四小時電視新聞百家爭鳴；民國九十二年，《蘋果日報》在台創刊，掀起報紙的煽色腥、狗仔文化、高度視覺化的質變；同時，網路大興，對紙本、付費媒體形成威脅，報紙面臨的艱辛挑戰，幾本大書也寫不完，未來，尚不知將伊於胡底。而報紙中以文學為最主要承載內容的副刊，除面臨報業經營的艱難，整體文學出版市場的萎縮，更使副刊的處境雪上加霜。這是我所說的「五胡亂華」。

有回遇見克襄大哥，他對我搖頭：「以前我們老擔心有一天副刊會消失，原來整個報紙都可能不見！」我接任副刊主編後（民國九十六年），大哥大姊們遇見我，總不忘拍拍我肩膀說一聲：「任重道遠啊！」表情常帶悲憫。更不要說，交棒給我的詩人陳義芝，他總是仔細詳問，關懷我的處境。一眨眼，九年過去。報業的變化、轉型仍在加速度進行，而副刊情勢又如何？

最古典，也可能是最創新；最傳統，也可能是最前衛——這理論，放在副刊來說，此時此刻，其實也是可成立的。

最近讀到一本書《媒體失效的年代》（*Geeks Bearing Gifts: Imagining New Futures for News*，傑夫・賈維斯Jeff Jarvis著，二〇一六年五月，天下文化出版），談到這是一個社群的時代，媒體已找不到「大眾」，每一則新聞，每一個版面，都必須尋找最大值的社群，才能展現其價值。而副刊，自創刊以來，原就是如此啊！它的定位，可能因時代、編者而波動，或向純文學，或向思想、文化，或向大眾品味靠攏，但在結構上，它一直就是作家、編輯、讀者三者共構的特殊園地，它的內容原就來自於作家，而非報社的新聞工作者。甚至可以說，每一時期各領風騷的作家群本身（而不是主編，更不會是報社總編輯、社長等等），才真正主導了那一時代副刊的風貌。副刊從來就不同於報紙其他的新聞版面，它從一開始，就是針對作家、文學愛好者這個明確的社群而存在的，因此它在當前媒體的趨勢裡，反而更沒有被淘汰的理由。認真想清楚這一點，我就不至於太懷憂喪志了。該做的事，是充分讓社方認同以上觀點；讓作家安心，願意把花開在這個園地；讓讀者信賴，並且更善用科技傳播，再美的花園，要有遊客欣賞才能夠延續。

此時，我所在的報社，一周七天不斷電的聯副還在，整個「副刊家族」——聯副、繽紛、家庭與婦女（以及北美《世界日報》副刊、《小說世界》）都還在，這幾年裡甚至擴增了聯副「文學相對論」（每周一）、聯晚副刊（每周六）這些新園地。

親愛的副刊主編，十年後，以我的生涯規畫，必不在這個職場上了。別家報社各有不同信念，或是政治、商業種種考量非我能夠代為假設，我這封信其實也只能寫給未來的聯副主編。而我是這樣一個無可救藥的樂觀主義者，我有信心，十年後，花園還在。只是紙本之外，它的「空中花園」，將在網路、手機等各種載具上展現何等姿態，且拭目以待。

網路社群時代的特徵，凡事高速反應，喧譁而激情，無論是非對錯、見仁見智，主編都在第一線，直接承受挑戰、挑釁，當然也會感受許多溫暖、鼓勵以及有建設性的建議，一切都變得透明，無可逃遁。編者的最大壓力並非來自社方，而來自與副刊共生共榮的作家、讀者群。我從傳統副刊走向這樣的時代，品嘗最多冷暖、臨淵履冰，但仍須坦然面對的，就是這個情勢，這個處境。當我拜訪你的時候，可能會嘮嘮叨叨對你細數這些年副刊經歷的風浪，你就慢慢吃你面前的水果吧。

◆ 跋 ◆

編輯自己的人生

許悔之

常常我都覺得自己是活在另一個世界的人，像是安哲羅普洛斯（Theo Angelopoulos）的電影《永遠的一天》（*Eternity and a Day*）裡，那一個心思永遠飄忽在想像中的詩人。

從小孩時候喜歡閱讀，少年時開始喜歡寫詩、寫作，年輕時開始做了編輯，我這半生基本上完全與文字為伍。有時抽一根菸，是在想一個書名，有時咖啡館裡坐著，是在想一段文案，不管路上如何塞車，開車的我通常不會覺得無聊，有時聽聽音樂，有時把《金剛經》從頭想一遍，有時想想某一位作家的書還應該補上什麼內容……，時間一下就過了，完全忘了路上在塞車，我像是一個腦袋中裝滿了文字的人，腦袋就是我的煉丹爐，有時文字契合了想像，甚至更為精美的迸現，那個時候，我總是覺得自己是孫悟空——火眼金睛，觔斗雲一翻十萬八千里。

我是那個《永遠的一天》裡的詩人，永遠是這個現實世界的「叛徒」。

一個喜歡文字的人，跟一個喜歡數學的人，嚴格說來並沒有不同，喜愛到了深刻就變成了偏執，所以我才會在法國菜餐廳對著經理說：「菜單上的scallop，多了一個『o』喔！」或者帶著小孩去宜蘭看黃春明先生的兒童劇，住在一個舒服的民宿裡，我整夜為了他們的宣傳ＤＭ太多錯字而急著要找老闆說明。這種偏執不知道是不是一種強迫症？希望每一個字和詞，都能精準、精妙，而且餘味無窮，而且彷彿這一段話、這一篇文章、這一本書，真的能改變一些人、給別人一些什麼。那種感覺夾雜著夸父追日的悲壯，完成度好的時候，會以為自己是某一種造物者，把虹放在了雲彩之中。

宇文正，我都習慣叫她瑜雯，當然和我相同的部分，都是從小對文字偏執，她和我說過在讀景美女中的時候，怎麼坐在公車上讀《紅樓夢》，還有其他的雜書、閒書、文學書，渾然不知聯考將至。我知道那種感覺，一篇文章或一本書，也常常催眠了我，我讀著讀著渾然不知老之將至，讀完之後，像是從催眠之中醒了過來，這個世界變得雨後草色新，山巒白雲歷歷在目。

但瑜雯又是和我不一樣的人，她們家小孩念高中的時候，她做了三年的便當，還以此完成了一本動人的書，她是很少數創作力充沛又能顧好小孩、享受家居的人，她寫了很多文章，和朋友相聚、歡宴，也常常去擔任評審，並參加各種活動，我不知道她怎麼可以把這一切平衡得那麼好！彷彿她在一天之中有多了我好幾倍的時間。

我們兩個都是五年級生，都在台北廣義的文化圈中追尋自己的志趣，並以此維生，四五年級生——有許多寫作的人，都加入了編輯這個行業，因為寫作彷彿不足以維生，編輯遂成為我們這樣的人，平衡理想與現實的道路。

瑜雯是少數在編輯界工作多年，仍保持赤子之心的人，每次聽她津津有味地談著一篇文章、一位作家，我都覺得她如此興味盎然，像是昨天才剛入了行的人；很少的時候，我也聽過她講了一些在編輯遇到的煩惱事、不平事，但通常她都是實事求是地訴說之，我不曾聽過她用敵意的語詞去敘述那個使她煩惱的人或煩惱的事，但其實瑜雯和我一樣，都是「資深編輯」了，那意味著我們在以編輯為職業兼志業的人生裡，已經工作了不少時日，認得不少的人，經歷了不少的事。

我有時見到她，會升起一種感慨，她怎麼可以把「文字」和「現實」過得這麼好、這麼平衡？因為我知道文字源於現實，又常常超乎了現實……。

所以當我看到《文字手藝人：一位副刊主編的知見苦樂》完整的稿件時，忍不住一讀再讀，順便回顧了自己的前半生，那在編輯裡追索的我，有多少的榮耀，還有多少的挫折，有多少的欣悅以及傷口。

做事不容易，做人更難，尤其是擔任重要的編輯人，總是要面對各方壓力、各方需求，有時候退了一篇稿子，就結了一個「冤家」；我這半生做過副刊主編、雜誌社總編輯、出版社總編輯，中年的時候創立了一間出版公司，有時朋友問我感想，我總忍不住犬儒地說：「做了編輯多年，朋友三百，仇家七百——」

用稿、退稿、邀稿、看稿、修稿、下標、企畫、配圖、設計、清版……，一位編輯，尤其是一位副刊主編，每天的那塊版面就像是一艘船，要從此岸渡到彼岸，有些沒上船的人，在岸邊不平咒罵，有些上了船的人，或許會嫌沒有坐在好的艙位……，副刊主編像是船長，總是要面對各種乘客、各方期望、各種眼光、各種評價，終究這個世界是沒有皆大歡喜的，所以船長要有很雀躍的心，能夠把每一天的版面（航程）當作全新的航行；船長也要有望遠的眼光，能夠把船開到新的景點；船長也要有堅強的心和廣濶的肚量，可以面對、忍受不同的看法和聲音。

而這一些，瑜雯都做得遠遠、遠遠地比我好！在台北文壇、文化圈，幾乎沒有聽過她有什麼「仇家」，而且她把編輯的人生過得平衡而且陽光、而且美好，而且她把副刊的每一天版面，編得如同一艘美麗且堅固的船，而且她還創作不斷，寫出了好多好多美好的文章……。

所以《文字手藝人：一位副刊主編的知見苦樂》不只是一本讀來津津有味的談編輯之書，而且也談論了人生、談論了人間行走的平衡，更談論了美好的心量。這本書裡的敘述者，同時兼有老靈魂和少女心。

如果你是從事編輯相關工作的人，無論是紙本或者數位媒體，那麼我覺得你應該讀讀這本書，鑑往知來，不管載具如何改變，只要文字存在，編輯這個行業便永不會滅亡。如果你是喜愛文字的人，那麼你更要讀這本書，因為擁有對文字的執念和喜愛，宇文正不但在創作裡是一個美麗的新娘，也完美地為他人「作嫁衣裳」。

瑜雯不必做這個世界的「叛徒」，她把文字和編輯完美地和這個世界同頻率、共生息；把不一定美的人事編成美的版面，把美好的書寫編成更美的人生——這本書中她說的，其實是如何編輯自己的人生吧。

附錄

編輯檯上

手藝人

最初始，是來自最可敬的「手藝人」（作家），後有編輯、插畫家或攝影師、美術編輯、印刷工作者的通力合作，一環扣一環，把每一個版當作工藝品般精雕細琢。這是編輯對作家、作品的心意，也是對讀者的誠意——把副刊當作一個美感的完成。

D3 聯合副刊　中華民國一〇三年五月二十七日 星期二 聯合報

《美學系列》

女同志藕官及其他

蔣勳

《紅樓夢》的微塵眾生2

《小詩房》秋千　汪啟疆

《微意思》搭計程車　李進文

《聯副文訊》《六四詩選》朗誦會與新書發表

蔣勳寫《紅樓夢》的微塵眾，古典小說的題材，藉由線裝書襯底，並在標題上加小小的紅圈，一如古人的句讀，形成古意盎然的版面。（民國一〇三年五月二十七日，聯副）

D3 聯合副刊　中華民國一〇五年九月十二日　星期一　聯合報

【悅讀經典】

一部美如古蕃錦的花間集

談千年前蜀中的「遠域文學」

◎張曉風

空氣朋友 ◎幾米

雪茄 ◎郭珊

極致的誘惑

〈小時房〉日曬 ◎周天派

〈聯副文訊〉林水福深夜講堂

42記事和其他之十六 ◎張讓

聯副時常登載談古典文學、美學、戲劇的文章，張曉風教授的〈一部美如古蕃錦的《花間集》〉，版面邊緣，裝飾著古典剪紙圖案。（民國一〇五年九月十二日，聯副）

D3聯合副刊 中華民國九十八年六月三十日 星期二 聯合報

古典與青春

國光京劇十四年

過去十四年國光算是打下了基礎，到了「青春期」的國光將會有什麼樣突破，將古典與青春融為一爐？我們拭目以待……

◎王德威

▶慢慢讀，詩

我正百無聊賴 妳正美麗

戲擬夏宇

◎孟樊

但是我忽略健康的重要性
以及等待使健康受損
以及愛使生活和諧
所以

只有咒語可以解除咒語
只有秘密可以交換秘密
只有謎可以到達另一個謎
只有

除了建議一起生一個小孩
沒有其他更壞的主意
我正百無聊賴
而妳正美麗

而妳正美麗──
只有夏宇可以更
夏宇

▶老男人的菜市場 ◎劉克襄

當達爾文遇見玉荷包

玉荷包不是朝大而研發，轉而如科技公司手機的改進，以輕巧小美為目的。我隱然覺得，裡面飽含了農民另一層次的栽種智慧和水果美學……

▶最短篇

耐性

◎蔡仁偉

王德威講述國光京劇十四年的文章〈古典與青春〉，特在版面的邊緣，壓著半個淡淡的京劇臉譜，隱去臉譜鮮豔的色彩，讓人期盼京劇的現代未來。（民國九十八年六月三十日，聯副）

畫家林崇漢根據林谷芳的文章，畫出他胸壑裡的「真山真水」；美術編輯則以楷書書法寫作標題。副刊的插畫家、美術編輯，不折不扣都是手藝人。（民國九十九年二月三日，聯副）

編巫

編輯的「第六感」指的是什麼？編版過程中無心插柳的小趣味與巧合，俯拾即是，常令人覺得「版面」這個東西，自有它的磁場，好像主編之外，還有另一個主編——「編巫」或許就是文學上的共時性吧。

D3 聯副・周末書房　中華民國一〇四年五月三十日　星期六　聯合報

〈新詩〉

弱者以詩鳴

◎楊宗翰

here+there=朱德庸

與郭強生對話

〈小說〉

手裡的天國之花

◎沈默

書市觀察

戰爭與廢棄的生命

◎黃崇凱

山姆大叔上戰場

戰爭藝品

黃崇凱撰寫「書市觀察」的稿子來遲了，只好先挑一幅朱德庸的插畫預作版——持槍者托架一本書；等到稿子一來，竟是「戰爭與廢棄的生命」！（民國一〇四年五月三十日，聯副・周末書房）

余光中詩〈三伏大暑〉:「最好是颱風帶來淋漓／賺來涼蓆上偶夢的秋季」，那是十多天前便預備好的版，怎知到了刊出當日，竟是莫蘭蒂颱風來襲，彷彿召喚！（民國一〇五年九月十三日，聯副）

D3 聯合副刊

中華民國一〇三年五月六日 星期二 聯合報

〈慢慢讀，詩〉路寒袖

58度的砲彈

〈當代小說特區〉

泡沫戰爭

高翊峰 圖／何小芬

「天才剛亮，你們就在玩。」主委看見那把玩具槍，先叫了高丁的名字，才生出疑問，「小朋友，這個玩具槍很危險，我已經沒收到倉庫，你怎麼拿出來的？」「不要管我怎麼拿到的，你有沒有聽到，我們要占領這個辦公室。」……

〈微意思〉

悄悄話

李進文

青春，可以小說，可以詩…

2014第十一屆台積電青年學生文學獎開始收件！

主辦單位：台積電文教基金會、聯合報

有時美術編輯將版組成，才發覺版面上的標題，像是相互在對話。如某日主文是高翊峰的小說〈泡沫戰爭〉，同日刊路寒袖詩〈58度的砲彈〉。（民國一〇三年五月六日，聯副）

D3 聯合副刊

中華民國一〇三年二月十日 星期一 聯合報

〈唐詩解構〉

春詞

洛夫

周而復始

瓦歷斯・諾幹　圖／林崇漢

只有能夠真誠直抒、不假他人之口的人才能夠領會朗讀，並因文學的花朵而哭而笑且喜且泣，宛如生命注入了某種不可預知的巨大能量……

〈最短篇〉懸宕　林瑞麟

除了標題似彼此對話，也有文章標題之間形成耐人尋味的反思，如瓦歷斯・諾幹的散文〈周而復始〉，底下有林瑞麟的最短篇標題作〈懸宕〉……（民國一〇三年二月十日，聯副）

駐版作家

從民國九十九年三月開始，聯副策畫每兩個月一次的「駐版作家」，陸續邀請數十位已累積文學成就、目前仍創作力旺盛的作家們，除發表新作，也接受讀者的公開提問。聯副深入作家書房，並錄影音製成 slide show，製造作家與讀者深度交流的機會，這是聯副策畫「駐版作家」以來，不變的初衷。

D3 聯合副刊　　中華民國一○五年四月二十四日 星期日 聯合報

聯副 3 4 月駐版作家答客問

常看好小說 讓心靈活動活動

◎黃春明

圖／本報記者 邱德祥攝影

我寫作就像農夫一樣，我種出來的米誰都可以吃，國王可以吃，乞丐也可以吃，米對人是有用的。所以你問我創作的意義是什麼？我的回答是：我是農夫種米給人吃……

預告▶聯副2016年 5 6月駐版作家 方梓 敬請期待！

小說家黃春明於民國一○五年四月二十四日在「駐版作家」裡與讀者有問必答。「駐版作家」策畫以來，宇文正逛了數十位作家的書房，黃春明除了藏書外，一屋子童趣，收藏了各式各樣的娃娃。

民國一〇五年七月始，《聯合晚報》改版，每周六增設「聯晚副刊」，開版首半年以「今天不談文學」之名，向作家廣邀寫作之外的「第二專長」或生活經驗，如駱以軍寫來〈狗日子〉，廖玉蕙寫來〈不停地說話〉……在文學之外談生活，在生活之外寫文學，碰撞熱烈火花！

詩人許悔之於民國一〇五年七月二十三日在「今天不談文學」裡談抄經之心。透過抄寫《心經》，為逝世的愛犬「尼歐」祈禱與祝福。

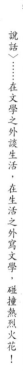

聯合報 中華民國一〇四年四月二十日 星期一

聯副・文學相對論 D2

文學相對論 4月

四之三 陳克華 VS. 歐陽文風

我的老外情人

陳克華、歐陽文風

有一天他問我對我們的愛情有什麼遺憾，我說我希望我能用自己的母語談戀愛，因為那比較貼近自己的靈魂，英語是那麼詰屈聱牙，格格不吐。他靜靜地看著我微笑，然後用中文說了三個字：我愛你……

下周一《文學相對論》預告

陳克華 VS 歐陽文風

健身房情結

聯合報 中華民國一〇四年十一月二日 星期一

聯副・文學相對論 D2

文學相對論 11月

羅智成 VS 胡晴舫

五之一 寫作與科技

在社群媒體中，我們把日常生活用後即棄的零碎情感互動文字化了，把這些訊息的形式抬得提高了，因此對比出內容的稀薄空泛……

◎羅智成、胡晴舫

下周一《文學相對論》預告

羅智成 VS 胡晴舫

強勢與弱勢語文的全球關係

陳克華VS.歐陽文風於民國一〇四年四月；羅智成VS.胡晴舫於民國一〇四年十一月裡雙雙駐版，精采對話。

文學相對論

自民國一〇三年二月起，每周一新增半版（D2版）的「文學相對論」，每月邀請兩位作家紙上對談。從個人成長到生老病死，從山水到種種癖好……任由作家表現，往往激盪出刺激的火花。除了紙上交鋒，更在每月最後一個星期五的「文學沙龍」現身朗誦。截至一〇六年一月，已有四十八組作家頡頏演出；一〇六年二月起，將擴大為全版於B4版登場，敬請期待。

副刊家族

民國九十四年九月，「家庭與婦女版」納入副刊組，九十八年三月，「繽紛版」也納入。家庭與婦女版深受婆媽喜愛；有「第二副刊」之稱的繽紛版則以素人作家為主力，走生活化、幽默溫馨的路線，近年在主編林德俊與接編的譚立安努力轉型下，透過企畫性欄目擴大題材面向。聯副、繽紛、家庭三足鼎立，菁英性格、庶民性格，再加婆婆媽媽，互補並交融，形成多姿多采的副刊家族。

D 家庭副刊

聯合報

生活點滴

食野

他人的仙丹，可能是己身之毒藥

種在埔里的愛心

↑深受婆媽喜愛的家庭副刊。

聯合報

繽紛 D4

一日打工趣

航向大海

尋找魔法黑寶石

出租月亮的大叔

入行新手看這裡

被雷到了

↓為繽紛版企畫之「一日打工趣」，邀請作家馮平於民國一〇四年一月九日以文學體驗各行各業的樂趣。

看世界的方法 118

文字手藝人

——一位副刊主編的知見苦樂

作者　宇文正
圖片提供　宇文正（38-39、70、90、212-223）
攝影　林煜幃（2-7、23、209）
整體設計　吳佳璘
責任編輯　施彥如

董事長　林明燕
副董事長　林良珀
藝術總監　黃寶萍
執行顧問　謝恩仁

總經理兼總編輯　許悔之
副總編輯　林煜幃
經理　李曙辛
執行編輯　施彥如
美術編輯　吳佳璘
企劃編輯　魏于婷

策略顧問　黃惠美・郭旭原・郭思敏・郭孟君
顧問　林子敬・詹德茂・謝恩仁・林志隆
法律顧問　國際通商法律事務所／邵瓊慧律師

出版　有鹿文化事業有限公司
地址　台北市大安區濟南路三段二十八號七樓
電話　02-2772-7788
傳真　02-2711-2333
網址　www.uniqueroute.com
電子信箱　service@uniqueroute.com

製版印刷　沐春行銷創意有限公司

總經銷　紅螞蟻圖書有限公司
地址　台北市內湖區舊宗路二段一二一巷十九號
電話　02-2795-3656
傳真　02-2795-4100
網址　www.e-redant.com

ISBN：978-986-94168-5-6
初版：二〇一七年三月十日
定價：三三〇元

國家圖書館出版品預行編目（CIP）資料
文字手藝人：一位副刊主編的知見苦樂
宇文正著－初版－臺北市：有鹿文化，2017.3
面；公分－（看世界的方法；118）
ISBN 978-986-94168-5-6（平裝）
855　　106000697